红色诗词鉴赏

刘继锐 主编

山东城市出版传媒集团·济南出版社

图书在版编目（CIP）数据

红色诗词鉴赏 / 刘继锐主编. —济南：济南出版社，2022.8（2023.11重印）
（红色基因传承系列丛书）
ISBN 978-7-5488-5205-6

Ⅰ. ①红… Ⅱ. ①刘… Ⅲ. ①诗词－作品集－中国－现代②诗词－作品集－中国－当代 Ⅳ. ①I226

中国版本图书馆CIP数据核字（2022）第159976号

出 版 人　田俊林
图书策划　朱孔宝
出版统筹　胡长粤
责任编辑　李　媛
装帧设计　胡大伟
陈致宇

出版发行　济南出版社
地　　址　济南市市中区二环南路 1 号（250002）
发行电话　（0531）67817923　86922073
86131701　86018273
经　　销　各地新华书店
印　　刷　山东联志智能印刷有限公司
版　　次　2023 年 11 月第 1 版第 2 次印刷
成品尺寸　170mm×240mm　16 开
印　　张　11
字　　数　96 千
定　　价　45.00 元

前　言

红色，是生活中常见的颜色。在茹毛饮血的蒙昧时代，红色的血液象征着生命，红色的火焰象征着温暖。人类正是在血与火的洗礼中，创造了最初的文明。

红色，又是视觉冲击力强烈的颜色，象征着激情、热情、力量、喜庆、吉祥与成功，赋予我们斗志、信心与力量。千百年来，红色的春联、大红的衣服、鲜艳的红旗，构成了中国文化的特色与底色。

当时光进入20世纪，十月革命一声炮响，给我们送来了马克思主义。共产主义理想犹如一把火炬照亮了黑暗的旧中国，激发起无数热血青年投身革命、救国救民的壮志豪情。

从1921年中国共产党成立，到1949年中华人民共和国诞生，28年的时间里，以共产党员为代表的爱国进步人士，历经了北伐战争、“四一二”反革命政变后的白色恐怖、建立中华苏维埃政权与5次反“围剿”、二万五千里长征、14年浴血抗战，以及推翻国民党反动政府的解放战争。在中国共产党领导下，中国人民夺取了新民主主义革命的胜利，完成了中华民族救亡图存的历史伟业。

在波澜壮阔的历史洪流中，诞生了一批洋溢着青春激情、闪烁着时代光影的诗词华章。我们从中精选出48首，并按照时间顺序排列，希望用这些诗词，勾勒出一部筚路蓝缕的共和国缔造简史。

这些诗词蕴含着丰富的革命精神和厚重的历史文化内涵，是红色文化的重要组成部分。为了便于读者阅读与理解，我们在解读诗词的基础上，增加了“红色往事”板块，通过历史背景的铺陈和鲜活故事的描述，强化读者对诗词意象的解读。

一首诗，代表一段刻骨铭心的回忆；一首诗，挖掘一段灵魂深处的情感经历。捧读这些诗词，如临其境，如见其人。其中，有“万里投荒阿穆尔，从容莫负少年头”的雄心壮志；有“已摈忧患寻常事，留得豪情作楚囚”的坚贞不屈；有“横越江淮七百里，微山湖色慰征途”的浪漫与乐观；更有“伫马太行侧”“夜夜杀倭贼”的万丈豪情和“雄关漫道真如铁，而今迈步从头越”的英雄气概……

品红色诗词，补精神之钙。让红色文化沁润我们的心田，让爱国主义精神在心中落地生根、开花结果，激发出时代新人为实现中华民族的伟大复兴而奋勇前行的精神力量。

刘继锐

2022年5月26日

目　录

赠友人

王尽美

贫富阶级见疆场，尽善尽美唯解放。
潍水[1]泥沙统入海，乔有[2]麓下看沧桑。

注释

[1] 潍水：王尽美家乡绕村而过的潍河。

[2] 乔有：乔有山，是王尽美家乡山东诸城枳沟镇大北杏村（时属莒县）村南的崮状小山。

赏析

王尽美，原名王瑞俊，中国共产党的创始人之一，是山东党组织最早的组织者和领导者。1921 年 7 月，王尽美赴上海出席中国共产党第一次全国代表大会，见证了中国共产党的诞生。回济南后，他心潮澎湃，写下了这首诗。

诗的前两句讲世间贫富与阶级的划分，都要经历疆场的流血牺牲，只有解放被压迫、被剥削的劳动群众，才能到达尽善尽美的共产主义社会。三、四句由河水流动联想到沧海桑田的变迁，再由实景联想到国家形势。“潍水泥沙统入海，乔有麓下看沧桑。”滔滔潍河水挟带着泥沙流入大海，乔有山下的土地正发生着沧桑巨变。作者借景抒情，表达对共产主义理想的向往，以及投身革命事业的万丈豪情。

写下这首短诗后，作者便将名字改为“尽美”，以此彰显自己的志向——为实现尽善尽美的社会理想而奋斗。

红色往事

王尽美

为了广泛吸收进步青年参加革命理论研究，1920 年 11 月，王尽美等人组建励新学会，并创办《励新》半月刊。1921 年春，在王尽美、邓恩铭等人的努力下，济南共产主义小组秘密诞生了。他们继续传播马克思主义，开展工人运动，促进了马克思主义与山东工人运动的结合。同年 6 月，他们接到了共产党上海发起组关于召开中国共产党第一次全国代表大会的会议通知，收到寄来的相关旅费。出发前，王尽美邀请了济南的几名共产主义小组成员，在大明湖的游船上，就建党问题畅谈了一天。

7月22日，各地共产主义小组代表陆续到达上海。为保密起见，代表们以“北京大学暑期旅游团”的名义，大都寄住在正放暑假的博文女校。代表们的生活条件非常简陋，除了毛泽东因为身材高大，不习惯睡地板上的席子，而是睡在由两条长凳架起的床板上外，王尽美和其他代表一样，都是身下一张席子，睡在地板上。

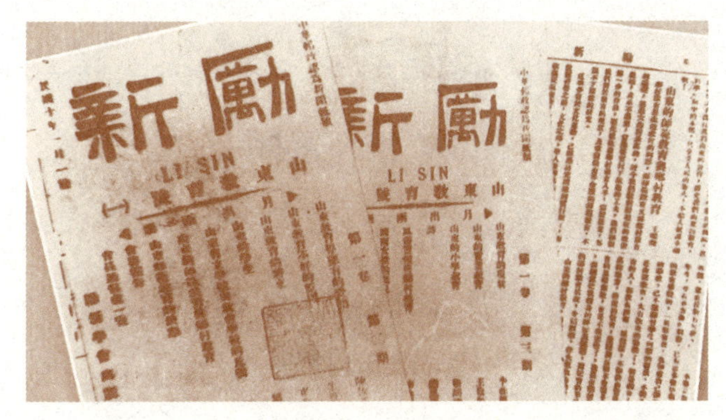

王尽美、邓恩铭等创办的《励新》半月刊

在等待开会的日子里，王尽美闭门不出，如饥似渴地阅读着有关资料和书刊。他逐一拜访每个代表，利用一切机会向他们求教，畅谈对马克思主义的认识。正式会议上，王尽美代表济南小组向大会汇报了山东党组织的组建过程，并对目前的形势和任务阐述了自己的观点。

中国共产党的成立，更加坚定了王尽美的革命信念，这首《赠友人》就是在这样的背景下诞生的。

西江月

于方舟

大好河山似锦，军阀混战乾坤。二十年来掩泪痕，遍地疮痍谁问？

民心忧痛如焚，九河[1]流水呜喑[2]。神州破碎金瓯[3]损，津沽[4]烈火风云。

注 释

[1] 九河：是古代黄河下游许多支流的总称。

[2] 呜喑：读 wūyīn，怀怒气。

[3] 金瓯：用金制作的盆。《南史·朱异传》："我国家犹若金瓯，无一伤缺。"后用"金瓯"比喻疆土完固，也用来指国土。

[4] 津沽：天津的别称。

赏 析

20世纪初，中国遭受帝国主义侵略，加上国内军阀连年混战，山河破碎，民不聊生。1921 年，于方舟创作了这首词，表达了忧国忧民的爱国情怀和远大抱负。

词的上阕描写了军阀割据混战给中国大好河山和人民带来了深重的灾难。“大好河山似锦，军阀混战乾坤。”本是锦绣河山，被军阀搞得乌烟瘴气。“二十年来掩泪痕，遍地疮痍谁问？”一个“掩泪痕”，再加上“谁问”的反问句，揭露了反动统治政府置国家人民于不顾的事实，表达了作者对民族苦难的悲愤同情。

词的下阕表现了山河破碎与民不聊生的惨痛，“民心忧痛如焚，九河流水呜喑”，作者巧妙地运用融情入景手法，“九河流水”的声音都透露着悲伤，可见当时百姓生活的艰苦。“神州破碎金瓯损，津沽烈火风云”，面对帝国主义侵略和军阀割据纷争，中国主权和领土完整遭到严重破坏，天津掀起了轰轰烈烈的革命斗争。

红色往事

1920 年 1 月 29 日，于方舟、周恩来等学生代表向直隶省公署请愿，要求释放被捕的天津各界爱国人士。然而，反动当局竟然动用全副武装的军警镇压，制造了震惊全国的“廿九”惨案。于方舟和周恩来作为代表被逮捕入狱。

于方舟

入狱后，于方舟把监狱当作特殊的“学校”和“战场”，继续开展学习和斗争。在审讯中，于方舟质问警察厅为何拘留大家，反动警官回答：“这个我也没法，都是省长的意思，我们小机关不得不服从。”于方舟继续严词质问：“你们既无权处理，何以滥行职权拘捕我们，独不顾及中华民国国家的人格吗？”反动警官只好停止了审问。后来，于方舟、周恩来等人领导狱中被捕人员开展了绝食斗争，争取到了读书、聚会的权利。于方舟和周恩来一起成立了铁窗读书团，组织难友学习中文、历史、数学、英文、心理学等知识。于方舟还专门负责社会问题研究。同时他们在狱中坚持锻炼身体，不定期组织爱国文化娱乐活动，展示了旺盛的斗志和革命乐观主义精神。

1920 年 7 月 7 日，于方舟在公审中质问检察官：“试问省长是中国行政长官，学生是中国学生，以中国学生请愿于中国行政长官，何得谓之触犯刑律？”天津各界对于方舟等人进行了积极声援。7 月 17 日，天津反动当局迫于压力，释放了于方舟、周恩来等人，至此他们已经被关押了 170 多天。年轻的于方舟在狱中经受了锻炼，接受了周恩来等人的马克思主义教育，坚定了理想信念，并在出狱后投身于新的战斗。

1923 年，在李大钊介绍下，于方舟正式加入中国共产党，成为天津党组织的早期创始人之一，推动了天津地区马克思主义传播和工人运动的发展。1927 年 10 月，于方舟领导第二次玉田农民暴动，失败后被捕。1928 年 1 月 14 日，于方舟壮烈牺牲，被后人称为“津门之光”。

狱中题壁

何孟雄

当年小吏[1]陷江州，今日龙江作楚囚[2]。
万里投荒阿穆尔[3]，从容莫负少年头。

注释

[1] 小吏：指宋江。《水浒传》中，宋江在江州浔阳楼独自借酒浇愁，写下了《西江月》词和七言绝句各一首，被官府认为是反诗，宋江因此被捕入狱。

[2] 楚囚：本意是指春秋时被俘到晋国的楚国人钟仪，后用来借指被囚禁的人。

[3] 阿穆尔：俄语，指黑龙江。

赏析

《狱中题壁》是革命家何孟雄在黑龙江被反动军阀逮捕后，在狱中墙壁上写下的诗。这首诗表达了何孟雄顽强不屈的精神和坚定的革命理想信念。

在诗的前两句“当年小吏陷江州，今日龙江作楚囚”，诗人引用“小吏”“楚囚”两个历史典故，将自己比作宋江和钟仪两个古代人物。通过今昔对比，来表达自己虽然被捕入狱，但依然坚强不屈、励志图强。

诗的后两句“万里投荒阿穆尔，从容莫负少年头”，则更像是诗人的自我独白，表明自己虽然在万里之外的黑龙江被捕，但也要从容应对，不辜负自己的青春。“从容”两字集中体现了作者在逆境中的乐观精神和坚定的理想信念。

全诗对仗工整，语气畅达，字句间充盈着英雄气概。

红色往事

何孟雄，1898年出生，湖南酃（líng）县（今炎陵）人，中国工人运动领导人之一，北京共产主义小组成员，1921年加入中国共产党。

何孟雄

1921年3月，少年共产国际执委会东方部书记格林来华，对中国社会主义青年团组织的快速发展

何孟雄与妻子缪伯英的合影

表示非常关注，计划在北京、上海两地各推选一名代表，邀请出席4月15日在柏林召开的少年共产国际第二次代表大会。3月16日，北京社会主义青年团专门召开会议，选举何孟雄为出席少年共产国际第二次代表大会代表。会后，何孟雄负责起草了《北京社会主义青年团致国际少年共产党大会书》。

1921年4月，何孟雄在前往苏联参会的途中经过黑龙江时，由于行踪被北洋政府密探得知，在满洲里被奉系军阀逮捕入狱，后被押送到黑龙江的陆军监狱。反动派在狱中对何孟雄进行了严刑拷打。但何孟雄始终没有因反动军阀的酷刑、恐吓而屈服，他没有背叛自己的信仰，而是立场坚定、从容不迫、宁死不屈，没有向敌人吐露任何情报，在敌人面前充分展示了一个共产主义战士的崇高气节。他还设法将自己起草的《北京社会主义青年团致国际少年共产党大会书》及北京社会主义青年团的介绍信保存下来。《狱中题壁》就是在这样的背景下写就的。

1921 年 6 月，经过李大钊等多方力量营救，何孟雄在北京大学出面保释下出狱。何孟雄后来的笔名“江囚”就是从这一事件而来。出狱后，何孟雄继续投身革命。1921 年 7 月，中国共产党正式成立，何孟雄是全国最早的 50 余名党员之一，并在 1921 年底被选为中共北京地委书记。后来他任中共唐山地委书记、汉口市委组织部部长、江苏省委常委、淮安特委书记等职。1931 年 1 月 17 日，他在上海被捕。2 月 7 日，何孟雄英勇就义，年仅 32 岁。

生别死离（节选）

周恩来

壮烈的死，苟且[1]的生。
贪生怕死，何如重死轻生！

注 释

[1] 苟且：只顾眼前，得过且过，如苟且偷安。

赏 析

黄 爱

1922年，湖南工人举行罢工，劳工会领袖黄爱被敌人逮捕杀害。在德国留学的周恩来得知好友黄爱牺牲的消息，挥笔写下了这首诗歌，来表达对黄爱烈士的沉痛悼念，也阐发了自己的革命担当精神。

诗的前两句“壮烈的死，苟且的生”，直接地表达了作者对于生死的看法，指出为革命而死是壮烈的，不能苟且偷生。为了正义，黄爱烈士没有选择苟且偷生，而是为理想奋斗牺牲，他是壮烈的殉道者，是伟大的革命先驱。

诗的后两句“贪生怕死，何如重死轻生”，则更加鲜明地表达了作者自己为革命鞠躬尽瘁、死而后已的初心。民族的独立自强是需要流血牺牲来换取的，革命者选择为革命而死，将会永远活在人民心中。

该诗既是对黄爱烈士的悼念，也是周恩来革命情怀的真实表达，即为了探索救国救民的道路，敢于牺牲一切。

红色往事

1922 年 1 月，临近农历春节，湖南第一纱厂工人找到厂方，要求按照惯例给工人发“夹薪”（类似于现在的第 13 个月工资）。工人们认为：“本厂开工以来，所获盈余已达数十万元，这都是用我们工人的血汗换来的。本

湖南第一纱厂

厂一切办法，既是仿照沪、汉各厂，则年终夹薪，亦应援例。”第一纱厂管理者直接拒绝了工人们的合理要求。随后，湖南第一纱厂工人发动大罢工，组织大规模游行示威。当时，北洋军阀政府湖南省省长赵恒惕在接受纱厂所属华实公司的贿赂后，派军队武装镇压纱厂工人的罢工，打死打伤数十名工人。黄爱闻讯后，立即赶到现场指挥。黄爱代表劳工会，向反动军阀政府提出给工人发双薪、军队一律从纱厂撤出、发给死难者丧葬费、发给被打伤工人调治费等 11 项合理要求。

北洋军阀政府对黄爱长期以来从事工人运动早已恨之入骨，1 月 16 日夜，派兵包围湖南劳工会，逮捕了黄爱和庞人铨。黄爱早就有了赴死的决心，他说：“我决定洒我的热血，做第一个牺牲者，去换得自由来，将来世界能享着自由，这不是我最大的希望么！”

1 月 17 日清晨，反动军阀政府将黄爱等人拉到长沙浏阳门外杀害。在牺牲之际，黄爱仍奋力高喊：“大牺牲，大成功！”

1922 年 3 月，周恩来得知黄爱牺牲的消息后，写下了这首长诗《生别死离》，并在诗的后面写下这样一段话：“正品（黄爱）的事，真是壮烈而又悲惨。这不仅在中国为创见，便在世界劳动运动中也是仅见。我们对于友谊的感念上，不免要有点悲伤；但对他的纪念，却只有一个努力！我对他唯一的纪念，便是上边表示我的心志的那首诗，和最近对于C.P.（中国共产党）坚定的倾向。”

周恩来也在这首诗歌中表达了自己为探索救国救民道路而敢于牺牲的革命精神。

诗三首（其一）

宋铁岩

男儿壮志拓八荒[1]，焉能燕雀守栋梁[2]。
揭地掀天为事业，翻江倒海写文章。

注 释

[1] 八荒：也叫八方，指东、西、南、北、东南、东北、西南、西北8个方向，这里是指周围、各地。

[2] 燕雀守栋梁：出自《吕氏春秋》的一个寓言故事，比喻满足于眼前的安宁，而不能够做到居安思危。

赏 析

1923年，宋铁岩在吉林大绥河高等小学读书时，写下了这首自励诗。而这首诗也成为宋铁岩保家卫国、抵抗侵略的人生写照。

“男儿壮志拓八荒，焉能燕雀守栋梁。”身为男儿，应当胸怀大志，为国家、民族建功立业，不能像燕雀那样守着栋梁，满足于过安定的日子。此处，用燕雀来警醒国人，要居安思危，时刻以国家和民族的前途为重。

“揭地掀天为事业，翻江倒海写文章。”此句借用清朝胡大川《幻想诗》中的“揭地掀天为事业，翻江倒海泻文章”，只是把“泻”改为“写”。富有动感的措辞，表达了作者献身革命事业的豪情壮志。

红色往事

1923年，中国仍然处于北洋政府的统治下。国内军阀混战不休、国外日本虎视眈眈。无数百姓家破人亡，国家和民族陷入灾难与危机中。孙中山重回广州，发表了《中国国民党宣言》，开始对国民党进行改组，准备北伐。此时，中国共产党领导国内工人开展了京汉铁路大罢工等运动。在这样的背景下，一大批热血青少年立志投身改变国家和民族命运的伟大事业中，宋铁岩就是其中的杰出代表。

宋铁岩

宋铁岩，1909年出生于吉林省永吉县，原名孙肃先，字晓天。1925年，宋铁岩考入吉林省立第一师范学校，后升入长春省立第二师范学校。在中共地下党组织的影响下，宋铁岩开始参加革命活动。1928年10月，参与组织领导1000多名学生游行示威，反对日本帝国主义修建吉会铁路。1931年，他加入中国共产党。1932年秋，受党组织的派遣，赴东北从事抗日武装斗争，先后任东北人民革命军第一军独立师政治部主任、第一军政治部主任、东北抗日联军第一军政治部主任等职，和杨靖宇将军一起战斗在白山黑水间。

东北抗日联军战士袖标

1937年2月11日，宋铁岩带领的部队在本溪密营休整时，突遭敌人重兵包围。在突围战斗中，宋铁岩不幸中弹，壮烈牺牲。

江南第一燕

瞿秋白

万郊[1]怒绿斗寒潮[2]，检点新泥[3]筑旧巢[4]。
我是江南第一燕，为衔春色上云梢。

注释

[1] 万郊：指神州大地。

[2] 寒潮：比喻当时中国反动统治者制造的白色恐怖。

[3] 新泥：比喻当时新引进的革命思想，即马克思主义。

[4] 旧巢：指旧中国。

赏析

这首诗是附在瞿秋白寄给未婚妻王剑虹信中的一首七言绝句。诗歌采用比兴手法，表达了瞿秋白的革命激情和理想。

“万郊怒绿斗寒潮”，阐明了当时中国面临的阶级斗争形势。革命的力量正在不断兴起，必将和反动统治展开激烈的斗争。一个“怒”字，体现了革命力量迅速壮大的趋势。

“检点新泥筑旧巢”，十月革命给中国送来了马克思主义，无数革命先驱将用马克思主义改造旧中国。“新泥”与“旧巢”用得非常形象。

“我是江南第一燕”，“江南”在这里指中国共产党诞生的地方，中国共产党诞生于江南。“我”并不单指个人，而是包括瞿秋白在内的众多早期革命家。

“为衔春色上云梢”是全诗的高潮，燕子们为了带来春色，努力飞上云端，暗示当时中国革命的艰难。“衔”字生动地表明春色的到来需要付出艰苦努力。“上云梢”表达了革命者敢为人先、不畏生死的豪情壮志。

红色往事

瞿秋白

瞿秋白，1899年1月29日生于江苏常州，中国共产党早期主要领导人之一，伟大的马克思主义者，卓越的无产阶级革命家、理论家和宣传家，中国革命文学事业的重要奠基者之一。

《新青年》创刊号

1923年1月，瞿秋白跟随陈独秀从莫斯科回到中国。4月，在李大钊的推荐下，任上海大学社会学系主任。此后，瞿秋白参加了中国共产党机关刊物《向导》《先锋》的编辑工作，担任《新青年》杂志主编，积极宣传马克思主义。

1923年6月，瞿秋白在广州参加中国共产党第三次全国代表大会，讨论与国民党合作、建立革命统一战线的问题。经过激烈讨论，大会接受了共产国际关于中国共产党与中国国民党进行合作的指示，共产党员可以以个人身份加入国民党，共同推动反帝反封建的国民革命。会议最后一天，所有参会代表来到广州黄花岗烈士墓前，在瞿秋白指挥下，高唱《国际歌》，这首歌的中文版正是由瞿秋白用法文原版翻译的。

1923年12月，在国民党第一次全国代表大会召开前夕，瞿秋白写下了这首《江南第一燕》。今天读来，我们依然能感受到瞿秋白当时的才情、激情与豪情。

感　怀

王达强

国事蜩螗[1]甚，民生唤奈何。
投笔从戎[2]去，舞剑斩妖魔。

注　释

[1] 蜩螗（tiáo táng）：蜩为蝉类的别名，螗则是体型较小的蝉。出自《诗经·大雅·荡》中的“如蜩如螗”，此处指人民悲叹的声音像蝉鸣般凄切，表示国事危急。

[2] 投笔从戎：出自《后汉书·班超传》，指扔掉笔去参军，比喻文人参军。

赏　析

1924年，身为学生的王达强，在和同窗好友议论国事时，创作了这首诗，诗中表达了将青春献给救国救民事业的豪情壮志。

“国事蜩螗甚，民生唤奈何”描绘了中国在列强入侵、军阀混战下，国无宁日、民不聊生的社会现状。作者用“蜩螗”的典故，说明当时的中国已经陷入非常危急的境况，表达了自己对国家命运的担忧。用“奈何”二字，表现出民众在混乱的战争年代无法把握自己命运的无奈。

“投笔从戎去，舞剑斩妖魔”，作者用班超投笔从戎的典故，表达自己想要离开学校、深入社会开展革命工作的志向。用“斩妖魔”表达通过实际斗争救国救民的迫切愿望。

红色往事

王达强，1901 年 7 月 3 日出生于湖北省黄梅县。他的家乡风景虽然秀丽，但百姓生活异常艰辛，乡亲们常年辛苦劳作也难以饱腹。年少的王达强目睹军阀混战、列强入侵的社会现实，立下了救国救民的志向。

1924 年秋天，王达强进入武昌湖北省立第一中学读书。在湖北省立第一中学，他结识了许多志同道合的朋友，阅读了大量进步书籍。他把岳飞的《满江红》和文天祥的《正气歌》作为座右铭，把投笔从戎的班超、马革裹尸的马援、精忠报国的岳飞作为学习的榜样，渴望通过斗争来改变国家的命运和人民的生活。

1925 年春，王达强正式加入中国共产党，开始投身革命斗争。寒假回家，他在家乡古角成立古角青年学会，成为党在古角山的第一个支部。他在工厂、学校开展革命宣传教育和党团工作，积极开办青年训练班，取得了很好的成效。

1927 年“四一二”反革命政变后，王达强任湖北省团委书记，兼京汉铁路总指挥，在白色恐怖中继续开展斗争。1928 年 2 月，王达强被捕，受尽各种酷刑，坚贞不屈，说：“头可断，血可流，志不可屈！”于 2 月 18 日英勇就义。

试笔诗

欧阳梅生

中国一团黑，悲嚎不忍闻。
愿为刀下鬼[1]，换取真太平。

注释

[1] 刀下鬼：是指死在刀下的人，这里引申为为革命斗争而牺牲的革命者。

赏析

1924年，中国仍然处在军阀混战中，29岁的欧阳梅生虽然还没有加入中国共产党，却已经萌生了革命的理想。他在此诗中表达了为改造黑暗旧中国而献身的决心。

“中国一团黑，悲嚎不忍闻”，1924年的中国，军阀混战，民不聊生。“一团黑”非常形象地描绘了当时的社会现状。“不忍”二字，体现出诗人对社会黑暗、民不聊生的不满与控诉。这种忧国忧民的思想为他后来从事革命工作埋下了伏笔。

“愿为刀下鬼，换取真太平”，作者以诗明志，愿投身革命，纵使流血牺牲，变成“刀下鬼”，也要救民于水火，“换取真太平”。

红色往事

欧阳梅生，生于1895年，又名欧阳靖，湖南湘潭县人。1913年，欧阳梅生考入湖南第一师范学校。在这里，他结识了毛泽东、蔡和森等人，受进步思想影响，对社会现状非常不满，对国家命运、民族前途十分关心。

从师范学校毕业后，欧阳梅生到湘西筹办十县联合模范小学，为改善湘西山区的教育现状而奔波。后来，当地军阀以学校宣传“过激主义”为由，关闭了学校。欧阳梅生返乡途中又被土匪洗劫一空。回到家后，他对妻子陶承说：“这次外出，使我懂得了许多道理。这个世界，人吃人，非彻底改变不可！”

1924年，欧阳梅生到长沙幼小教书，担任国文教员。这时的长沙，刚刚经历了谭延闿与赵恒惕战争的洗劫，劳苦大众处在水深火热之中。欧阳梅生在教学中注重培养学生的家国情怀，希望学生将来成为改造社会、建设国家的栋梁之材。

有一天，上完课的欧阳梅生到长沙街头买笔。在试笔的时候，欧阳梅生发现笔杆上刻有“太平笔庄制”几个字，愤然地说：“如今伸出手看不见五指，一片漆黑。有钱的打打杀杀，好像疯狗抢骨。中国这么大，没有半块地方是安静的，这叫作什么‘太平’！”说罢，就将笔杆上的“太平”两个字用刀削掉，并挥笔写下这首《试笔诗》。

后来，欧阳梅生因公牺牲，他的这支笔被朋友收藏，于 1959 年转交给欧阳梅生的妻子陶承。陶承又将这支笔捐赠给中国国家博物馆，捐赠时赋诗一首，其中有这样两句：“寄语后人勿忘记，革命江山血染成。”

1925

寄谢左明[1]

何挺颖

南京路上圣血[2]殷，百年侵略仇恨深。
去休[3]学者博士梦，愿作革命一新兵。

○ 注释

[1] 左明：作者的好友，陕西省南郑人，中国共产党党员。

[2] 圣血：为革命而流淌的神圣之血，这里指五卅惨案。

[3] 休：停止，完结。

赏 析

1925 年 5 月 30 日，上海发生“五卅惨案”，正在上海大同大学读书的何挺颖，亲眼看到租界巡捕对手无寸铁的中国市民开枪，南京路上出现血肉横飞、伤亡无数的悲惨景象。于是，他满怀悲愤地写下了这首诗。

诗歌开篇“南京路上圣血殷，百年侵略仇恨深”，上海南京路上，洒下了无数同胞的殷殷鲜血，联想到近百年来，帝国主义侵略中国，无数同胞惨遭屠戮，家仇国恨何其深！作为热血青年，怎能袖手旁观？于是作者发出了“去休学者博士梦，愿作革命一新兵”的感叹。一个“休”字，既表现了他的觉醒，又表达了他投笔从戎的坚定决心。他要抛开做博士的美梦，投身到革命事业中去，成为革命队伍中的一名“新兵”。

红色往事

何挺颖出生于陕西南郑县（今南郑区）的一个农村家庭，与左明是老乡。两人在中学读书时，就暗中阅读陈独秀的《文学革命论》和《新青年》《改造》《努力》等进步书刊，受到革命思想的影响。

何挺颖

1924 年，两人到上海求学。第二年，两人都考上大学。何挺颖考入上海大同大学数学系，一心一意学数学。他认为，中国太贫穷落后，就是因为科学不发达，“科学救国”是报国的途径。他刻苦学习，成绩名列前茅，准备向数学博士学位攀登。

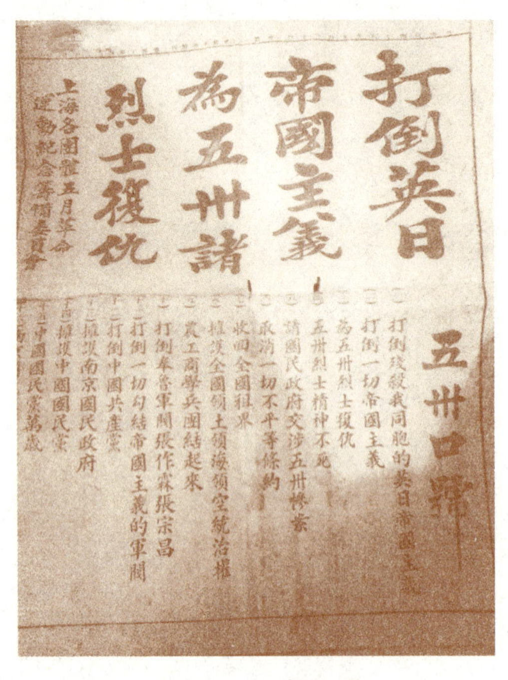
打倒英日帝國主義 為五卅諸烈士復仇
上海各團體五月革命運動紀念籌備委員會
五卅口號
打倒殘殺我同胞的英日帝國主義
打倒一切帝國主義
為五卅烈士復仇
五卅烈士精神不死
請國民政府交涉五卅慘案
取消一切不平等條約
收回全國租界
擁護全國領土領海領空統治權
農工商學兵團結起來
打倒奉魯軍閥張作霖張宗昌
打倒一切勾結帝國主義的軍閥
打倒中國共產黨
擁護南京國民政府
擁護中國國民黨
中國國民黨萬歲

《申报》刊登“五卅惨案”的消息

1925年发生的震惊中外的“五卅惨案”，让何挺颖清醒地认识到：在这种环境中，“科学救国”只是痴心妄想，中国最需要的是革命战士，而不是数学博士。因此，他下定决心走革命道路。

1925年6月，何挺颖加入中国共产主义青年团。随后为了革命需要，他毅然转入上海大学社会学系，学习革命理论。他对劝阻其转学的左明说：“对数表里查不出救国的良方，计算尺不能驱逐横行的豺狼。”“我以前是想在大学毕业后回家教书，但是经过五卅运动的教育，我决心放弃数理化，不当教师，而要做更有益的事业了。”这一年冬天，何挺颖加入中国共产党，成为一名中国共产党党员。

“五卅惨案”是何挺颖人生的转折点，他毅然投笔从戎，一步步成为坚定的革命者和军政兼优的红军将领。1927 年，何挺颖参加了秋收起义。同年，作为主要创建者和重要领导人之一，与毛泽东等人一起创建井冈山革命根据地。1929 年 1 月 14 日，何挺颖随毛泽东、朱德、陈毅率红四军主力出击赣南；24 日，在江西大庾战斗中身负重伤，次日转移途中遇敌突袭不幸牺牲，年仅 24 岁。

1926

王达强

年来书剑走天涯，只为匡[1]民不顾家。
东海狂澜西蜀险，南京名胜北燕奢。
苏州风景扬州月，沪口楼台汉口花。
大地茫茫荆棘布，风烟蓦地[2]我心嗟[3]。

注释

[1] 匡：救助，扶助。

[2] 蓦地：表示出乎意料，相当于“突然”。

[3] 嗟：叹息，感叹。

赏析

1926年的一天，25岁的王达强从家乡乘船返回学校，途中风雨大作，江面上狂风卷起浪花拍打着船身。这个场景让他联想到风雨飘摇中的国家，百感交集，写下这首诗。

首联写救国救民的远大抱负。“年来书剑走天涯，只为匡民不顾家”，近年来，手执长剑闯荡天涯，为的是救助苦难中的人们，不惜舍弃小家。

颔联与颈联“以乐景写哀”，表面上歌颂祖国的大好河山，实则是借景抒发自己的忧国忧民之情。“东海狂澜西蜀险，南京名胜北燕奢”，浩瀚的东海掀起万丈狂澜，气势宏大；西蜀地势险峻，令人敬畏；六朝古都南京名胜古迹众多；北京城曾经是何等的富庶繁荣。“苏州风景扬州月，沪口楼台汉口花”，苏州城风景秀丽，扬州城那轮明月依然皎洁；上海楼台林立，武汉繁花似锦。然而这一切，今又何在？

尾联“大地茫茫荆棘布，风烟蓦地我心嗟”，苍茫大地如今却是荆棘密布，遍地烽烟不禁令我扼腕喟叹。“荆棘”与“风烟”喻指当时生灵涂炭、民不聊生的社会现状，与前面的景象形成鲜明的对比。

清代王夫之在《姜斋诗话》中说：“以乐景写哀，以哀景写乐，一倍增其哀乐。”这首诗就是最好的佐证。

红色往事

1925 年，王达强加入中国共产党后，以“男儿不展凌云志，空负天生八尺躯”自勉，积极从事党的工作。他利用寒假与李镜人、王正元等人，在古角洛溪口王寿康药店建立“古角青年学会”，这个学会实际上是中国共产党在古角山的第一个支部。

五卅运动中示威的工人

1926 年春，王达强参加了声援省港大罢工斗争和收回汉口英租界的斗争。同年 10 月，国民革命军攻克武昌后，王达强离开学校，到汉口区从事党、团工作，创办了青年政治学习班，培训出一批青年干部。正是在这一年，王达强写下了这首《无题》诗。

1927 年冬天，王达强被选为中共湖北省委常委，任团省委书记兼京汉铁路总指挥。白色恐怖时期，王达强舍生忘死坚持斗争，化装成卖油条的小贩，光头赤脚，深入工区坚持斗争。艰巨的工作、危险的处境，都不会让他屈服，他在家书中写道：“我要福国利民！”

1928 年 2 月，王达强被捕入狱。他备受酷刑仍坚贞不屈，在牢房墙壁上写下了感人至深的《七歌》。18 日，王达强就义于汉口郊区，年仅 27 岁。

途　中

熊亨瀚

昨夜洞庭[1]月，今宵汉口[2]风。
明朝何处去？豪唱大江东[3]！

注 释

[1] 洞庭：洞庭湖，位于长江中游荆江南岸，在湖南省境内。

[2] 汉口：在湖北省武汉市，是武汉三镇之一。

[3] 大江东：出自苏轼的《念奴娇·赤壁怀古》“大江东去，浪淘尽，千古风流人物”的诗句，“大江东”泛指气势豪迈的歌曲。

赏 析

1927年8月1日，中国共产党在南昌打响了武装反抗国民党反动派的第一枪。身在武汉的熊亨瀚听到这个消息，就像在黑夜中看见了光明，当即决定去江西参加起义。从汉阳前往江西的途中，他写下了这首诗。

诗歌开篇，连用两个地名，不着痕迹地交代了作者曾经战斗过的地方——洞庭湖与汉口。“昨夜洞庭月，今宵汉口风”，昨夜还在洞庭湖赏月，今宵便沐浴着汉口的江风。“昨”与“今”并非具象的时间，只是作者用来表示时间顺序。

“明朝何处去？豪唱大江东！”“明朝”一语双关，既指时间上的“明朝”，又喻指革命的未来和自己的前程。作为共产党人，自当高唱战歌，投身革命洪流。一个“豪”字，表达了作者对革命的热切向往和气冲霄汉的革命乐观主义精神。

红色往事

熊亨瀚

南昌起义的枪声，像是革命的号角，召集起无数热血青年。

熊亨瀚作为其中一员，为何对革命如此向往呢？这和他的成长经历有关。

1894 年，熊亨瀚出生于益阳县五羊坪（今属益阳市桃江县）。受父亲影响，他从小就胸怀大志。读中学时，村里一位老学究让熊亨瀚对对子，给出的上联是“一对烛，审三场案，亮亮堂堂，普照前后左右”。很快，熊亨瀚对出下联：“五大洲，分两半球，黑黑暗暗，无分南北东西。”小小年纪的熊亨瀚竟然对世界时局有如此深刻的见解，令众人赞不绝口。

上学期间，熊亨瀚接触到很多进步书籍，他积极投身学生运动，五四运动以后，担任《湖南通俗日报》馆长，在当地宣传进步思想。

1924 年，熊亨瀚加入国民党，曾任湖南省党部执行委员、湖南省公法团体雪耻会执行委员等职务。大革命中，他受到共产党员的影响，接受马克思主义学说，从信仰民主主义，转而信仰共产主义。1926 年春，熊亨瀚正式加入中国共产党。

1927 年 5 月 21 日，国民党反动派发动“马日事变”，血雨腥风笼罩着湖湘大地。此时的熊亨瀚受中共湖南临时省委委派，到岳阳、衡山传达省委指示，组织军事委员会，扩大农民自卫军。之后，因 10 万农军反攻长沙的计划失败，他与夏曦、郭亮等人遭到敌人通缉，转入地下工作。熊亨瀚先后在益阳、武汉等地寻找党组织。

八一 南昌起义纪念塔

在汉口，熊亨瀚寄居在贫苦群众家中，还在鹦鹉洲开设过一家名为“湘益隆”的杂货铺。他以杂货铺为掩护，开展革命工作，营救被捕的共产党人，秘密组织策划革命活动。

1928 年 11 月，熊亨瀚在武汉被捕。面对敌人的 4 次提审，他大义凛然地说：“杀就杀，何必多说！”11 月 28 日凌晨，熊亨瀚慷慨就义于长沙浏阳门外识字岭，时年 34 岁。

浪淘沙·仰望蔚蓝天

贺锦斋

仰望蔚蓝天，与水相连，两岸花柳更鲜妍。可惜一片好风景，被匪摧残。

蒋匪太凶顽，作恶多端，屠杀工农血不干。我辈应伸医国[1]手，重整河山。

○ 注释

[1] 医国：拯救国家。《国语·晋语八》："上医医国，其次疾人，故医官也。"

赏析

1927年9月，贺锦斋从广东乘船到上海寻访贺龙。在上海，他看到反动当局屠杀工农群众，美丽的上海陷于恐怖与黑暗之中，满怀悲愤，写下这首词。

上阕从写景起笔，抬头仰望蔚蓝的天空，极目远眺，水天相接，两岸的红花绿柳，在蓝天碧水的映衬下显得娇艳欲滴。一个“更”字，表达出作者对大好河山的热爱与赞美。突然笔锋一转，用“可惜”一词，表达对反动派劣行的揭露与控诉，同时引出下阕的议论。

下阕前三句痛斥国民党反动派的累累罪行，“蒋匪太凶顽，作恶多端，屠杀工农血不干”，以蒋介石为首的反动势力背叛革命、屠杀工农。在这样的环境下，“我辈”岂能袖手旁观，那应该怎么对待呢？“我辈应伸医国手，重整河山”，应该义无反顾地投入到拯救国家的斗争中，重整壮丽山河。

整首词由写景起笔，将写景、叙事、抒情、议论有机结合在一起，情真意切，感人至深。其中，有对壮丽山河的热爱，有对反动派的切齿痛恨，有“重整河山”的豪迈，饱含救国救民的斗志与激情。

红色往事

贺锦斋，1901 年出生在湖南省桑植县洪家关一个村塾教师的家庭。在父亲的熏染下，他从小就喜爱诗词歌赋，十三四岁便能编唱歌词。参加革命后，他经常用诗歌来抒发情怀，歌颂共产党人的英雄事迹。

1916 年，贺龙“两把菜刀闹革命”，组织讨袁护国军。这一壮举让贺锦斋深深敬佩，于是在1919年，他加入贺龙的部队当卫士。在部队里，他刻苦学习军事技术，阅读书报杂志，勇敢作战，由士兵逐级递升至团长。

1926年5月，贺锦斋跟随贺龙部队参加北伐战争，任国民革命军第九军一师团长、代理旅长。在攻打澧(lǐ)县的战役中，贺锦斋和几名战士化装成卖鱼卖鸡的小贩混进城里，摸清了县里的城防工事和兵力部署。到了晚上，他率领100多人翻进城去，炸毁了敌人的工事，活捉了敌军司令，攻下澧县。在湖北公安县斗湖堤，贺锦斋临危受命，组织起一支敢死队向敌阵地发起正面冲锋，并派另一支部队潜入敌后。敌人遭到两头夹击，被迫退到长江北岸。智勇双全的贺锦斋屡立战功。

1927年6月，26岁的贺锦斋升任第一师师长，是国民革命军中最年轻的师长之一。8月1日凌晨，南昌起义爆发后，贺锦斋率领第一师向敌第五路军总指挥部发起进攻，激战4个多小时，大获全胜。这年冬天，他光荣地加入中国共产党。

1928年9月8日，在石门泥沙镇战斗中，贺锦斋为掩护贺龙率部突围，亲率警卫营和手枪连奋勇冲杀，壮烈牺牲，年仅27岁。

诗一首

何叔衡

身上征衣[1]杂酒痕，远游无处不消魂[2]。
此生合[3]是忘家客，风雨登轮出国门。

注释

[1] 征衣：远行者的衣服。

[2] 消魂：因极度哀愁、惊惧而神思恍惚。

[3] 合：应该。

赏析

1928年，何叔衡赴莫斯科，途经哈尔滨时作了这首诗。该诗依照陆游的《剑门道中遇微雨》改写而成，原诗是："衣上征尘杂酒痕，远游无处不消魂。此身合是诗人未？细雨骑驴入剑门。"

首句"身上征衣杂酒痕，远游无处不消魂"，多年来，为革命奔走，身上的衣服沾满了杂乱的酒痕。"酒痕"一词内涵丰富，夹杂着壮志难酬、悲愤难平的思绪。一路走来，目睹革命同志惨遭镇压、杀戮，痛彻心扉，以致神思恍惚。

第二句“此生合是忘家客，风雨登轮出国门”，此生注定是要“忘家”的人，在风雨飘摇的环境中，踏出国门，寻求救国之路。“忘家”不同于陆游笔下的“诗人”，其承载的是忘掉“小家”、顾全国家的革命情怀。

正所谓“旧瓶装新酒”，作者在酒瓶中注入了“新酒”，注入了实现民族复兴的报国之志。

红色往事

何叔衡

1929 年，何叔衡在俄罗斯留学时，曾经给继子写过一封信，信中写道：“我绝对不是一家一乡的人，我的人生观，绝不是想安居乡里，以求善终的，绝对不能为一身一家谋升官发财，以愚子孙的……”

通过这封信，我们更清楚地认识到：在何叔衡的心中，“家”指的是国家，而不是自己的小家。何叔衡回家或离家的

何叔衡早年故居风貌

选择，都是源于自己报国为民的志向。

这封信也为该诗做了很好的注脚。何叔衡之所以有这样的情怀，与他的人生经历有关。1876年5月27日，何叔衡出生在湖南宁乡县（今宁乡市）。1902年，考中秀才后，县政府让他去管钱粮。他看到官府腐败，毅然辞官，宁愿回家种田教书。

1913年，37岁的何叔衡考入湖南省立第一师范学校。他是班里年纪最大的学生，校长陈夙荒问他："你这么大的年纪还来当学生干什么？"他说："深居穷乡僻壤，风气不开，外事不知，耽误了青春。旧学根底浅，新学才启蒙，急盼求新学，想为国为民出力。"在学校里，何叔衡还遇到了毛泽东，他们二人志趣相投，一见如故。他们与蔡和森等人组织成立了进步青年团体——新民学会，何叔衡任执行委员长。

1921年7月，何叔衡和毛泽东到上海出席中国共产党第一次全国代表大会，成为中国共产党的创始人之一。一大闭幕后，何叔衡同毛泽东回到湖南，组建了中共湖南支部，何叔衡任支部组织委员。中共湖南支部是中国共产党成立后的第一个省级党组织。

1927 年 5 月 21 日，长沙发生“马日事变”，何叔衡在宁乡听到消息后，以赴汤蹈火的勇气直奔长沙，继而前往上海，开展秘密斗争。自此，何叔衡再也没能回到家乡，他用行动实现了“绝对不是一家一乡的人”的诺言。

西江月·井冈山

毛泽东

山下旌旗[1]在望，山头鼓角[2]相闻。敌军围困万千重，我自岿然[3]不动。

早已森严壁垒[4]，更加众志成城。黄洋界[5]上炮声隆，报道敌军宵遁[6]。

注释

[1] 旌旗：古时旗杆顶上用彩色羽毛做装饰的旗帜，泛指各种旗帜。在诗中以旌旗代指军队，指山下的部分红军和井冈山一带的地方武装。

[2] 鼓角：原指古代军中所用的战鼓和号角，这里指红军的军号。

[3] 岿然：形容高高耸立的样子。

[4] 森严壁垒：森严，严整。壁垒，古代军营中的围墙，泛指防御工事。形容工事坚固，戒备严密。

[5] 黄洋界：井冈山的五大哨口之一。

[6] 宵遁：宵，夜。遁，逃跑。指敌人在夜晚逃跑。

赏 析

1928 年 8 月 31 日，红军和井冈山群众取得黄洋界保卫战的胜利，毛泽东欣然写下这首词。

词的上阕，描写敌我双方的形势。“山下旌旗在望，山头鼓角相闻。”山下到处是红军迎风招展的战旗；山头军号嘹亮，红军严阵以待。虽然形势严峻，但井冈山军民毫不畏惧。“敌军围困万千重，我自岿然不动”，面对敌军的重重包围，我军巍然屹立，不可撼动。

词的下阕，写红军战胜敌人的原因。“早已森严壁垒，更加众志成城。”当时的黄洋界，不仅防御工事坚固，戒备森严，更有赖于军民团结一心形成的坚不可摧的力量。“黄洋界上炮声隆，报道敌军宵遁”，黄洋界上，炮声轰鸣，敌军趁着夜色，逃之夭夭。

清代著名诗人沈德潜说：“有第一等襟抱，第一等学识，斯有第一等真诗。”毛泽东的这首词，体现了伟人的胸襟与学识，闪烁着人格的光芒。这首词不仅记录了井冈山斗争的历史华章，也使黄洋界名扬天下。1934 年 1 月，冯雪峰到瑞金时，对毛泽东说，鲁迅读过他的《西江月·井冈山》等词，认为有“山大王”的气概。毛泽东听后开怀大笑。

红色往事

进入井冈山，有5个险要的关隘，黄洋界是其中之一。那么这首记录黄洋界保卫战的词为什么不以《西江月·黄洋界》为题，而要以《西江月·井冈山》为题呢？这要从井冈山革命根据地的建立说起。

1927年10月，毛泽东在井冈山建立了中国第一个农村革命根据地。1928年4月，朱德、陈毅率领部队同毛泽东领导的部队在井冈山胜利会师。

革命根据地日益壮大，令国民党非常恐慌。1928年8月30日，湖南、江西两省的敌军乘虚进攻井冈山。当时，山上只有红军的两个连。红军的子弹打光了，只能用石头做武器。危急时刻，红军从茨坪运来了主力部队留下修理的一

井冈山革命烈士陵园

门迫击炮和仅有的三发炮弹，向敌军轰击。前两枚炮弹都没有炸响，第三枚终于在敌群中爆炸，敌军乱作一团，以为红军的主力又回到井冈山。第二天，红军发现山下的敌人消失得无影无踪，原来他们已经连夜逃走了。

客观地说，就战争规模、持续时间、激烈程度、战术谋略而言，黄洋界保卫战并没有特殊之处，但此战保全了井冈山革命根据地，在毛泽东的心中自然有着特殊的意义。所以，毛泽东以“井冈山”而不是“黄洋界”为题作词，以凸显此战的重要性。

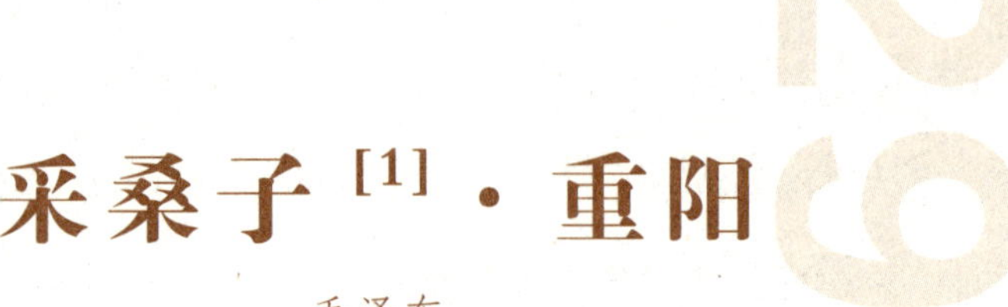

采桑子[1]·重阳

毛泽东

人生易老天难老，岁岁重阳。今又重阳[2]，战地[3]黄花[4]分外香。

一年一度秋风劲，不似春光。胜似春光，寥廓江天[5]万里霜。

注释

[1] 采桑子：词牌名。

[2] 重阳：重阳节，农历九月九日，又称“老人节”。“今又重阳”指 1929 年的重阳节。

[3] 战地：指闽西农村根据地。

[4] 黄花：指菊花。

[5] 江天：指汀江流域的天空。

赏析

1929 年 10 月，毛泽东来到刚解放不久的上杭，住在汀江岸边的临江楼。10月11日，恰逢重阳节，他近看庭院中黄菊盛开，远望汀江两岸霜花一片，触景生情，写成此词。

词的上阕，凌空起笔，抒发人生感叹。“人生易老天难老，岁岁重阳。”在李贺的《金铜仙人辞汉歌》中，本有“衰兰送客咸阳道，天若有情天亦老”的句子。在毛泽东的笔下，变成了“人生易老天难老”。大病初愈的毛泽东见景生情，慨叹人生短暂，而大自然的发展变化则比较缓慢，好像不容易衰老。“今又重阳，战地黄花分外香”，今天又逢重阳节，满山遍野的野菊花在秋风中怒放，经过硝烟炮火的洗礼，显得更加娇艳芬芳。

词的下阕，借景抒情，畅想未来。“一年一度秋风劲，不似春光”，一年一度，秋风劲吹，这景色不似春光，胜似春光。在四季轮换中，秋天给人的审美感受往往是萧瑟、凋敝与苍凉的悲情愁绪。但在毛泽东心中，秋天却有了“胜似春光”的审美感受，充分彰显了伟人的气度与格局。词的最后一句，写壮阔的远景。“寥廓江天万里霜”，秋高气爽，水天相接，缤纷的秋色带给人们无限的遐想。

该词是毛泽东大病初愈时创作的。字里行间我们看不到怨天尤人的牢骚、哀叹，感受到的是积极向上、豁达昂扬的胸怀与气魄。正应了“我见青山多妩媚，料青山见我应如是”的人生“通感”，境由心生，乐由心造。

红色往事

1929 年对毛泽东来说是不同寻常的一年。秋收起义后，中央责怪毛泽东没有坚持攻打长沙，撤了他中央政治局候补委员的职务。1929 年 6 月下旬，在红四军第七次党代表大会上，毛泽东的正确主张不被多数同志理解和接受，落选前敌委员会书记，他在党内的地位跌到了谷底。他被迫离开红四军主要领导岗位，到闽西休养并指导地方工作。对于年富力强的毛泽东来说，这无疑是沉重的打击。这期间，毛泽东又患上了严重的疟疾，真可谓祸不单行。《采桑子·重阳》就是在这样的背景下创作的。

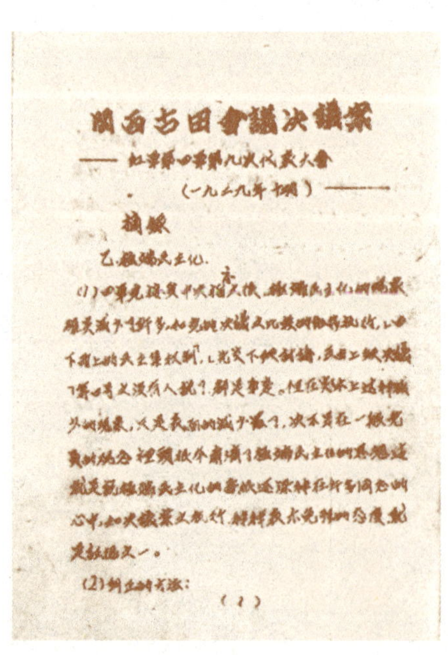

闽西古田会议决议案
—— 红军第四军第九次代表大会
（一九二九年十二月）——
摘录
乙、极端民主化
(2)纠正的方法：

古田会议决议第一页

1929 年 11 月 26 日，大病初愈的毛泽东恢复了职务。12 月 28 日，古田会议召开，毛泽东当选为红四军前敌委员会书记，确立了他在红四军中的领导地位。

“不以物喜，不以己悲。”身处逆境的毛泽东，始终坚持豁达昂扬的人生追求，他看到的秋景不是萧索悲凉的，而是壮阔绚烂的。透过“寥廓江天”，他预见了光明的未来。伟人的气度令我们叹服，值得我们学习。

如梦令·元旦[1]

毛泽东

宁化、清流、归化[2]，路隘[3]林深苔滑。今日向何方，直指武夷山下。

山下山下，风展红旗如画。

○ 注 释

[1] 元旦：指农历正月初一，即 1930 年 1 月 30 日（现在所说的元旦是指公历 1 月 1 日，是 1949 年以后规定的）。

[2] 宁化、清流、归化：均为福建西部县名。

[3] 路隘：道路险狭。

赏 析

古田会议后，为打破国民党的“三省会剿”，红军进行了战略转移，由毛泽东、朱德分别率领部队赴江西开展游击战争。朱德率领的红军主力先到达目的地，几天后，毛泽东率领的部队同朱德会合。战略转移极为顺利，毛泽东内心充满喜悦，写下了这首感怀之作。

全词共6句。词的开头部分连用3个地名，说明红军的行军路线，红军从古田出发，途经宁化、清流、归化等地。沿途山路崎岖狭窄，密林幽深，荆棘丛生，且苔藓湿滑，行军极为困难。选择这样的路途，是为了隐蔽转移，甩开敌人，又不易被敌人发现。

“今日向何方，直指武夷山下”，两个句子，一问一答。红军要去哪里呢？目标极为明确，即“武夷山下”。“直指”一词斩钉截铁，表现出毛泽东指挥作战的决心。“武夷山下”其实是指武夷山麓江西广昌西北一带，也就是毛泽东、朱德会合的目的地。

“山下山下，风展红旗如画。”到山下啦！到山下啦！风卷着红旗，犹如雄浑壮美的图画。红军战略转移的成功，预示着全军斗志昂扬、气象一新的美好前景。

这首词表达了作者坚定的革命信念和乐观、豪迈的胸襟，体现了红军战士无坚不摧、奋勇直前的革命精神。

红色往事

1929年，红军建立了闽西革命根据地。就在革命形势不断趋好之时，红四军内部却出现了意见分歧，毛泽东被迫离开主要领导岗位。红四军进击闽中、粤东，连遭重创，前途堪忧，广大将士要求毛泽东重返红四军工作。几个月后，毛泽东重新担任红四军前委书记。同年底，古田会议召开。就在古田会议召开前夕，蒋介石向闽西苏区发动了“围剿”。为了粉碎国民党的图谋，古田会议后，红四军开始了从福建向江西的战略转移。

1930 年 1 月上旬，朱德率领红四军主力出击外线，向赣南转移。毛泽东则率领第二纵队阻击来犯之敌，掩护主力转移，尔后快速向北经宁化、清流、归化等地，翻越武夷山，两军会合。

两路大军敢于迎战一切困难和强敌，调动敌军狼奔豕突，最终成功粉碎了国民党的“围剿”，实现了战略转移。

诀 别

邓恩铭

卅[1]一年华转瞬间，壮志未酬奈何天。
不惜唯我身先死，后继频频慰九泉[2]。

注 释

[1] 卅：指三十。

[2] 九泉：指人死后埋葬的地方。

赏 析

邓恩铭是中国共产党第一次全国代表大会的代表，是山东党组织早期的组织者和领导者，曾在莫斯科受到列宁的亲切接见。1929 年 1 月 19 日，邓恩铭在济南被捕入狱。1931 年 4 月 5 日，邓恩铭和难友们被押到济南市纬八路侯家大院刑场，慷慨就义，年仅 30 岁。

这首诗是 1931 年，邓恩铭拖着沉重的病体，在被执行枪决前写给母亲的诀别书。

邓恩铭

是什么样的信仰让邓恩铭至死不渝？前两句“卅一年华转瞬间，壮志未酬奈何天”，三十一年的光阴年华转瞬即逝，只可惜壮志未酬，恐怕再也没有机会实现了。这是诗人对年华流逝的追悔吗？不是的。“奈何天”的背后，是对“壮志”，也就是他所进行的革命事业的深深眷恋。诗的最后两句“不惜唯我身先死，后继频频慰九泉”，以慷慨昂扬的诗句，呈现出一位共产党员的赤子之心：不要痛惜我先死去，会有更多的后辈们可以投身于革命事业中，我在九泉之下也会得到告慰。

红色往事

邓恩铭在学校学习和投身革命的十几年间，主要通过书信与远在贵州的家人保持联系。目前留存的十几封家书，都是邓恩铭在山东期间写给家人的。从这些信中，我们可以看出邓恩铭热爱家人、反抗旧俗和视死如归的优秀品质。无情未必真豪杰，投身革命的坚强男儿也充满对家人的惦念和关爱。

1924年，邓恩铭负责青岛地区党的工作，积极策划四方机车厂和纱厂的工人运动。5月8日，他给父亲写信提道：“不写信又三个月了，知双亲一定挂念，但儿又何尝不惦念双亲呢。儿一向很好，想双亲及祖母……均安康如常？”在另一封信中，他嘱咐道：“母亲身体总要好好保养，多吃点有养料的东西……千万不可乱吃药，吃错了就坏事，务必注意。”投身革命无力顾及家庭时，他充满愧疚。

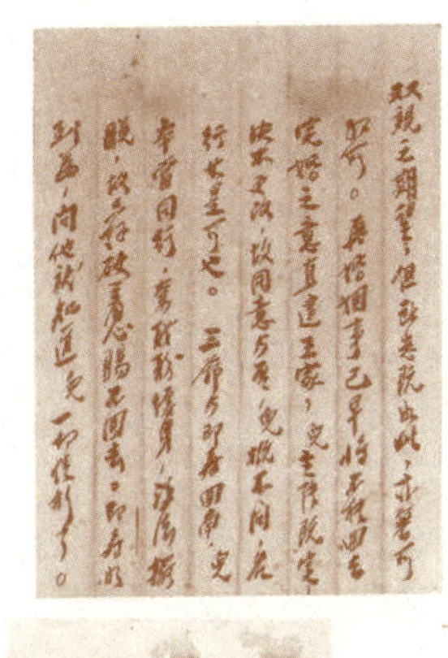
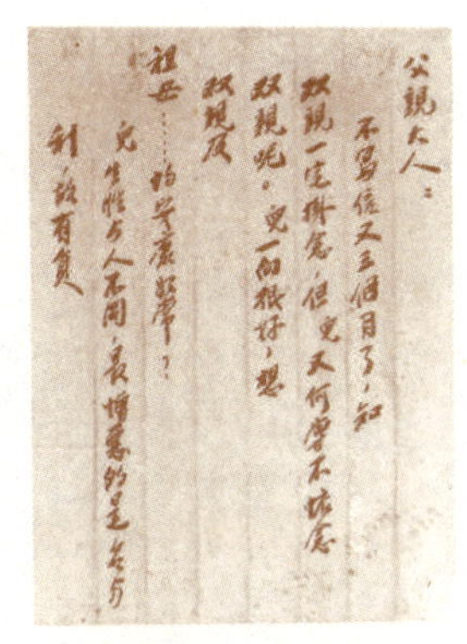

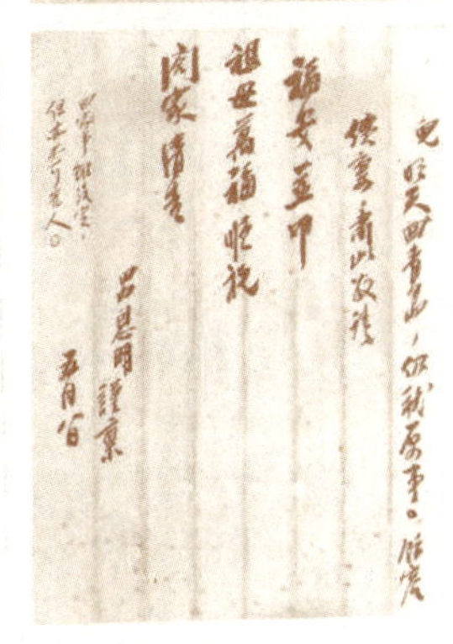

邓恩铭家书

1929年初，由于叛徒告密，邓恩铭从淄博矿区返回济南后被逮捕入狱。在狱中，他受尽酷刑，但毫不畏惧，发动领导了两次绝食斗争和两次越狱斗争，使7名同志先后脱险。而他自己因为身体病弱，未能逃脱，被投入死牢。

1931年3月，邓恩铭给家人写了这封诀别书。诗中没有儿女情长，只有对革命事业至死不渝的信念，表达了舍生取义、视死如归的革命精神和对革命后继有人的坚定信心。

狱中诗

恽代英

浪迹[1]江湖忆旧游[2]，故人[3]生死各千秋[4]。
已摈忧患[5]寻常事[6]，留得豪情作楚囚[7]。

注释

[1] 浪迹：行踪漂泊不定。

[2][3] 旧游、故人：原意指老朋友，此指革命同志。

[4] 千秋：不朽。

[5] 已摈忧患：已摒除个人得失。

[6] 寻常事：把个人得失看得很平常。

[7] 楚囚：本指楚国被囚之人。《左传·成公九年》记载，春秋时，楚国人钟仪做了晋国的囚犯，但还是戴着南冠，使晋国人为之动容。这里指虽然被捕，但还是要保持革命者的气节。

赏 析

恽代英

恽代英是中国无产阶级革命家，中国共产党青年运动领导人之一。1930年，恽代英在上海被国民党当局逮捕。面对敌人的威逼利诱、严刑拷打，他始终坚贞不屈，严守党的秘密。1931年，恽代英神色坦然、昂首挺胸，高唱《国际歌》走向刑场，在南京英勇就义，年仅36岁。这首七绝是恽代英在黑暗的监狱里写下的豪迈诗篇。

“浪迹江湖忆旧游”，作者首先回顾了自己的一生，为革命事业到处奔波，行踪不定。往事历历在目，自己的一生无愧于革命，无愧于党。“故人生死各千秋”，这一句由己及人，由自己的革命生涯联想到一起战斗过的战友们，想到那些为了革命献出宝贵生命的同志，他们的革命精神永垂不朽。“已摈忧患寻常事，留得豪情作楚囚”，说明自己已经摒除个人得失，不惧被捕、坐牢，甚至杀头。作为一名战士，早把个人的忧患和生死看成是很平常的事情，置之度外。这里借用了《左传》里的典故，说明作者即使被捕关在监狱中，仍保持着革命者的豪情壮志。

这首荡气回肠的《狱中诗》，正是作者革命生涯的写照，表达了作者对革命的忠心耿耿和矢志不渝，体现了革命者伟大的人格和高尚的情操。

红色往事

恽代英烈士殉难处，位于南京城西江东门。1930年，国民党在此建造了中央军人监狱。1930年5月6日，恽代英在上海不幸被捕。党组织设法对其进行营救，就在他即将被释放时，中共中央特务委员会负责人顾顺章在武汉被捕后叛变革命，出卖了恽代英。蒋介石知道这一情况后，急令军法司司长王震南到狱中核对。恽代英知道自己的身份已经暴露，轻蔑而又自豪地说："我就是恽代英！"敌人对恽代英进行劝降，遭到严厉斥责，遂给恽代英戴上镣铐，关进单人牢房。蒋介石得知恽代英不肯屈服，下令立即就地处决。

临刑前，面对行刑的刽子手，恽代英发表了慷慨激昂的演说："蒋介石走袁世凯的老路，屠杀爱国青年，献媚帝国主义，较袁世凯有过之而无不及，必将自食其果。"恽代英高呼口号，于1931年4月29日在南京英勇就义。

自　嘲

鲁　迅

运交华盖[1]欲何求，未敢翻身已碰头。
破帽遮颜过闹市，漏船载酒泛中流。
横眉[2]冷对千夫指，俯首甘为孺子牛[3]。
躲进小楼成一统[4]，管他冬夏与春秋。

注　释

[1] 华盖：星座名。旧时迷信，以为人犯了华盖星，运气就不好。

[2] 横眉：怒目而视的样子，表示愤恨和轻蔑。

[3] 孺子牛：春秋时，齐景公跟儿子嬉戏，装作牛趴在地上，让儿子骑在背上。在这里，比喻为人民大众服务。

[4] 成一统：躲进小楼，有一个小天下。

赏析

鲁迅

鲁迅是中国新文化运动的重要参与者，中国现代文学的奠基人之一。1932年10月5日，郁达夫宴请长兄，鲁迅作陪。12日，鲁迅结合7日前的谈话，有感而作此诗。

这首诗以风趣的语言，抒发深受迫害、四处碰壁的愤懑之情。首联介绍社会背景和个人的命运，“运交华盖欲何求，未敢翻身已碰头。”20世纪30年代初期，鲁迅在上海遭受国民党统治者的种种威胁和迫害，处境十分险恶。交了不好的运气又能怎么办呢？想摆脱却碰得头破血流。此处自嘲意味十足，对残暴的国民党统治者，表现出极度的蔑视与憎恨。颔联用象征手法讲形势的险恶，“破帽遮颜过闹市，漏船载酒泛中流”，“闹市”喻指敌人猖獗跋扈的地方，“中流”指水流的深急处，比喻形势非常险恶。即便如此，鲁迅仍采取了坚强、不妥协的态度，表现出临危不惧、激流勇进的战斗精神。颈联是全诗的核心与精髓，“横眉冷对千夫指，俯首甘为孺子牛”，“千夫”指敌人，“孺子”指广大的人民群众。“横眉”与“俯首”形成强烈的对比，形象地写出了对待敌人与劳苦大众两种截然不同的态度，爱憎分明。尾联“躲进小楼成一统，管他冬夏与春秋”，“小楼”指居住的地方，“躲进”有暂时隐蔽的意思。在反动派的迫害下，作者不得不经常躲避。面对如此恶劣的政治气候，作者依然无所畏惧，决心战斗到底。

全诗有力地抨击了国民党的血腥统治，形象地展现了鲁迅“硬骨头”的性格和勇敢坚毅的斗争精神。

红色往事

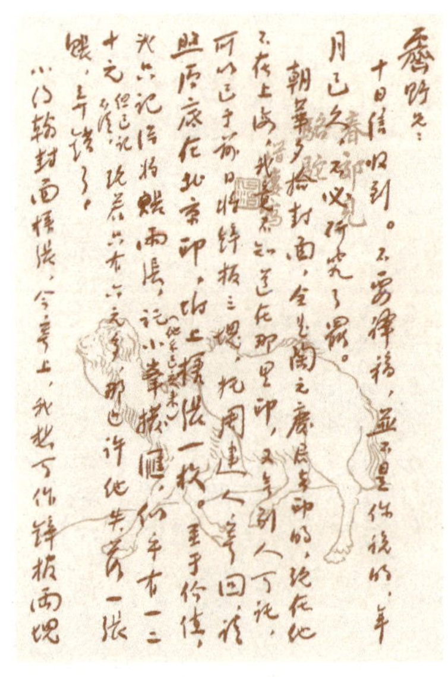

鲁迅手稿

在1926年的“三一八”惨案中，鲁迅因坚决支持进步学生，被北洋军阀段祺瑞政府通缉。尽管过着颠沛流离的生活，并且有随时被捕的风险，但他继续以笔为枪，唤醒民众，激励所有中国人为国家、为民族挺身而出。

20世纪30年代初，鲁迅在上海又遭到国民党统治者的威胁迫害，一些左翼作家被逮捕、拘禁，秘密处以死刑。当时，郁达夫和鲁迅都是中国左翼作家联盟的发起人，处境非常险恶。

在鲁迅的日记中，有这样一段记载："1932年10月5日晚，达夫、映霞招饮于聚丰园，同席为柳亚子夫妇、达夫之兄嫂、林徽因。"这次请客不仅成就了现代文学史上"达夫赏饭"的佳话，还成就了鲁迅这首传世名诗。

无　题

古公鲁

漂泊频年[1]太坎坷，风霜历尽志难磨。
一肩任务千斤重，都为工农解放多[2]。

注　释

[1] 频年：多年。

[2] 解放多：是“多解放”的倒置。

赏　析

这是古公鲁的一首咏志诗，以诗歌表达理想与追求。

前两句“漂泊频年太坎坷，风霜历尽志难磨”，从时间、空间两个维度回顾自己短暂的一生：虽经历了多年的风雨坎坷，但融入革命洪流并救国救民的理想愈加坚定。

后两句“一肩任务千斤重，都为工农解放多”，以诗言志，愿用自己的肩膀，挑起革命的重担，只为工农获得解放。

整首诗语言简练，通俗易懂。革命先烈勇于担当，为理想信念不畏牺牲、迎难而上的精神，感染激励着每个后来者，为解放事业奋斗终生。

红色往事

古公鲁，1884年生，广东五华县人。先后毕业于梅县师范、广东法政专门学堂。1909年，赴印度尼西亚谋生，受孙中山影响，参加同盟会，投身于民主革命。1910年，古公鲁奉孙中山之命，潜入广州、花县（今花都区）等地进行革命活动。

黄花岗起义中被捕的革命志士

1911年4月，广州黄花岗起义中，古公鲁率领300余人攻打省总督衙门，因作战英勇，得到了孙中山的嘉许，被授为“广州西路将军”。1914年，古公鲁回到五华县，任县专审员，清理积案300多宗，后调任三水县（今三水区）推事、海丰县推事检察。因办事公正，获赠“情法俱平”旌匾。

1924 年，古公鲁出任叶剑英新编团的募兵处处长。他亲赴广州策动滇军 300 多人参加该团，被滇军司令杨希闵发觉，遭到监禁，在狱中受尽酷刑，遍体鳞伤，直到叶剑英率部攻下广州才被救出。

1927 年，蒋介石发动“四一二”反革命政变，孙中山“联俄、联共、扶助农工”的政策被破坏。古公鲁毅然回乡投入农民运动，向组织捐献 1500 个银圆、1 万多斤粮食、10 多支长枪和 1000 多发子弹，扩充农民武装。同年底，他被任命为五华县行动总指挥。

1928 年春，国民党派兵进攻梅林，将古公鲁家焚掠一空，并悬赏万元通缉古公鲁。他与古大存、古连等转入八乡山，建立根据地。同年，古公鲁加入中国共产党。1930 年，中国工农红军第十一军成立后，古公鲁任军部军需处处长，随军三打潮安，转战五华、丰顺、梅县、普宁各县，立下显赫战功。

1931 年夏，部队撤出八乡山，至陆丰县（今陆丰市）下沙村时，因叛徒告密，古公鲁不幸被捕。面对敌人的诱降，他不为所动，在华城英勇就义。

古公鲁一生坎坷，这首诗正是他精神世界的真实写照。

菩萨蛮·大柏地[1]

毛泽东

赤橙黄绿青蓝紫，谁持彩练[2]当空舞？雨后复斜阳，关山阵阵苍。

当年鏖战[3]急，弹洞前村壁。装点此关山，今朝更好看。

注 释

[1] 大柏地：位于江西瑞金北部，素有“瑞金北大门”之称，毛泽东等革命家曾经在这里生活和战斗过。

[2] 彩练：彩带。

[3] 鏖战：激战、苦战。

赏 析

这是毛泽东于 1933 年夏天在江西大柏地创作的一首词。1929 年春天，毛泽东带领红军在大柏地取得了一次重要胜利，此次故地重游，他感触良多，挥毫写下了这首词。

上阕写景。以问句开篇，“赤橙黄绿青蓝紫，谁持彩练当空舞？”将七彩缤纷的长虹比作“彩练当空舞”，如此意境，逼真如画。“雨后复斜阳，关山阵阵苍”，夏日雨后，斜阳显现，群山被雨水冲洗后，在阳光映照下，流动着苍翠之色，充满着生机与动感。

下阕写作者抚今追昔的感慨。“当年鏖战急，弹洞前村壁”，大柏地是毛泽东和朱德率领红军主力转战以来首次取得胜利的地方。当年在这里进行的一次鏖战，使村前墙壁上留下了无数弹洞。句中的“急”“壁”均为入声，吟诵起来顿挫有力，使人能感受到战争的紧张与激烈。“装点此关山，今朝更好看”，因为这些弹洞的装点，关山有了别样的风采，今日看来更加好看了。

这首词先写雨过天晴大柏地美丽宜人的自然景色，后写故地重游的感慨，字里行间充满了乐观的情绪和坚定的革命信念。

红色往事

1929 年 1 月，国民党组织 18 个团的兵力对井冈山根据地发动第三次“会剿”。为突破封锁，红军第四军主力3600余人，在朱德、毛泽东、陈毅的率领下，向闽南进发。

2月9日，农历年三十，红军进入瑞金境内的大柏地，尾随红军的国民党追兵也到了瑞金，离红军不到3小时的路程，情势十分危急。经过侦察，红军发现大柏地到瑞金城北有一条6千米左右的峡谷，适合打伏击战，遂计划在这里与敌决战。2月11日上午9时，敌人全部进入包围圈，朱德一声令下，红军向敌人发起猛攻。由于缺少重武器，弹药匮乏，无法对敌人进行致命打击，战斗陷入僵持状态。

红四军部署大柏地战斗干部会议旧址碑

这是一场不能输的战斗！朱德跳出掩体，指挥总预备队独立营和军部直属部队向山下冲去，平时几乎不摸枪的毛泽东也持枪上阵，红军将士以泰山压顶的气势扑向山下的敌人。经过两个多小时的拼杀，于正午时分结束战斗。此战缴获了大批枪支弹药，俘获敌军800余人，其余敌军全部被歼。

大柏地一战，是红军撤离井冈山后的第一个大胜仗。这一仗，使红军摆脱了被追的困境，鼓舞了士气，为创立赣南、闽西根据地打下了坚实的基础。

1934

清平乐·会昌[1]

毛泽东

东方欲晓，莫道君行早[2]。踏遍青山人未老，风景这边独好。

会昌城外高峰[3]，颠连[4]直接东溟[5]。战士指看南粤[6]，更加郁郁葱葱。

注释

[1] 会昌：县名，在江西省东南部。

[2] 莫道君行早：出自宋代释道原《景德传灯录》卷二十二："谓言侵早起，更有夜行人。"意思是，虽说是接近天明起，可能还有夜间行路的人。

[3] 高峰：指会昌城外的岚山岭，又称会昌山。

[4] 颠（diān）连：起伏不断。

[5] 东溟（míng）：指东海。

[6] 南粤：古代地名，也叫南越，今广东、广西一带。此处指广东。

赏 析

这首词是1934年夏天，作者在中共粤赣省委所在地会昌县调研时所作。诗词开篇交代时间与环境，东方即将露出曙光，不要说自己就是早行的人。第二句，由连绵的群山，联想到自己的经历，虽然“踏遍青山”，但“人未老”。此时，作者已经40周岁，正是建功立业的年纪，对未来充满了信心，所以看到的风景有一种独特的美，一种“独好”。站在会昌城外的岚山岭上，向东望去，群山起伏，连绵不绝，一直通往东海。战士指看着南粤，想必那里更加郁郁葱葱。

整首词基调昂扬，措辞雄奇，表达出一代伟人宽阔、豁达的胸襟与气度。

红色往事

1934年，中央革命根据地第五次反“围剿”失败，革命形势异常严峻。此时的毛泽东，名义上是中华苏维埃共和国政府主席，但没有任何实权，只能在江西会昌以“疗养”的名义做社会调查，指导当地的工作。政治上的失意，再加上5个儿女都下落不明，毛泽东正处于人生低谷，心情非常郁闷。1957年1月，这首词在《诗刊》发表时，毛泽东有这样一段自注："1934 年，形势危急，准备长征，心情又是郁闷的。这一首《清平乐》，如前面那首《菩萨蛮》一样，表露了同一的心境。"

正所谓"沧海横流，方显英雄本色"，身处逆境的毛泽东并没有灰心丧气，而是对未来充满了希望与信心。站在会昌山上,他想到的是"人未老"，看到的是"颠连直接东溟"的壮阔,以及"郁郁葱葱"的希冀。

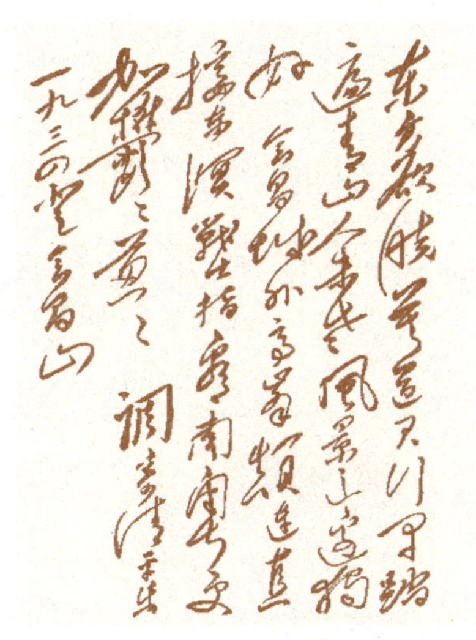

《清平乐·会昌》手稿

诗词给我们的启发是：无论遇到什么困难，处于什么境地，都不要失去希望和信心。因为，希望是孕育成功的种子，而信心是激励我们前行的动力。

毛泽东写完这首词后不久，就离开会昌回到瑞金。巧合的是，就在他登上会昌山的那天，中共中央书记处和中革军委发布了《给六军团及湘赣军区的训令》，派遣任弼时、萧克、王震率红六军团，向湖南西南方向突围西征。这也预示着，空前绝后、举世瞩目的万里长征即将开始。

南京书所见

李少石

丹心[1]已共河山碎[2]，大义长争日月光。
不作寻常床箦死[3]，英雄含笑上刑场。

注 释

[1] 丹心：一颗红心。

[2] 河山碎：指日本帝国主义侵占我国国土。

[3] 床箦死：箦音责，床席。出自南北朝范晔《后汉书·马援传》：“男儿要当死于边野，以马革裹尸还葬耳，何能卧床上在儿女子手中邪！”

赏 析

这首诗是李少石于1934年在狱中写的。李少石是广东新会人，第一次国内革命战争时期加入中国共产主义青年团，后加入中国共产党。

诗的开头直抒胸臆，“丹心已共河山碎，大义长争日

李少石

月光”，面对日寇践踏下的祖国，作者痛心疾首，肝胆欲裂，丹心与山河一样破碎。但作者为国家和民族命运而抗争的斗志永不泯灭，这种浩然正气敢与日月争光。

“不作寻常床箦死，英雄含笑上刑场。”生逢乱世，作者不想做寻常百姓，不愿死在自家的床上，而要做一名真正的英雄，即使上刑场，也要“含笑”而往。“含笑”一词，表现出了作者大义凛然、视死如归的革命气概，这就是英雄的誓言和宣言！赤子情怀，永照日月。这种慷慨激昂的气势，将全诗推向高潮，使全诗的意境更为悲壮。

红色往事

1934年2月28日，李少石被叛徒出卖，被捕入狱。

在狱中，李少石遭到严刑拷打。脚被打跛了，不能走路；肺被打伤了，经常吐血。

在敌人的严刑拷打面前，李少石宁死不肯招供。他用手指蘸着自己吐出的血，在被皮鞭抽烂的衣服上撕下

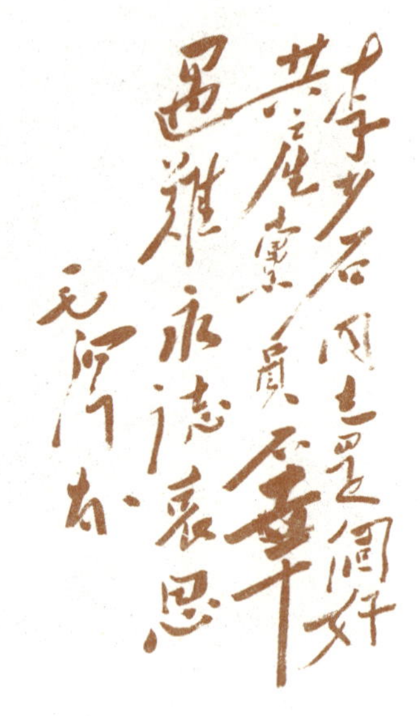

毛泽东为李少石遇难题词

一块布来，写下了这首惊天地、泣鬼神的《南京书所见》。

1937年，在国共和谈中，经周恩来严正交涉，国民党当局释放政治犯，李少石才得以获释出狱。他在监狱里所表现出的那种视死如归的革命精神，贯穿了他以后的每一天，也激励着每一个革命者。

抗战后，李少石曾在港澳工作过一段时间。后赴重庆，在中共中央南方局外事组工作。1945年10月8日晚，他乘坐周恩来的汽车护送柳亚子回家，途中遭国民党士兵枪击而身亡，他辉煌而短暂的一生就此画上了句号。

李少石烈士向死而生，虽死犹生，他视死如归的革命气概，将永远激励着我们前进！

滨江抒怀

赵一曼

誓志为国不为家，涉江渡海走天涯。
男儿岂是全都好，女子缘何分外差？
一世忠贞兴故国，满腔热血沃[1]中华。
白山黑水[2]除敌寇，笑看旌旗红似花！

注释

[1] 沃：浇灌。

[2] 白山黑水：因长白山和黑龙江在历史上有“白山黑水”之称，故长白山和黑龙江所在的东北地区也常由“白山黑水”来指代。

赏析

九一八事变后，日寇入侵，国之将亡。1935 年，作者在东北江畔的监狱中，写下了这首壮丽诗篇，以抒发自己的赤子之情。

首联“誓志为国不为家，涉江渡海走天涯”，开篇明志，直抒胸臆。为国为民抛弃“小家”，跋山涉水奔赴东北抗日最前线。

颔联“男儿岂是全都好，女子缘何分外差？”两个反问句，一个“岂是”，一个“缘何”，层层追问。作者意在表明在抗日战场上，女儿一点儿也不比男儿差，能同男儿一样，在战场上为国杀敌。

颈联“一世忠贞兴故国，满腔热血沃中华”，写出了作者为振兴祖国而不惜牺牲生命的英雄气概。作者愿以自己的一腔热血来浇灌中华大地，换得春光满人间。

尾联“白山黑水除敌寇，笑看旌旗红似花！”作者以此表明自己将继续坚持在东北地区抗击日寇的决心，一直到把日寇驱逐出家园为止。到胜利的那一天，再笑看革命红旗插遍白山黑水，红艳如花！一个“笑”字，表现了她坚信革命事业必将胜利，既展现出她的远见卓识，又表达了革命的乐观主义与浪漫主义精神。

全诗激情澎湃，气贯长虹。尤其是作者炙热如火的爱国主义激情，让我们更加敬佩这位巾帼英雄。

红色往事

赵一曼

1931年九一八事变后，赵一曼将不到3岁的儿子托付给亲戚，远赴东北，走上了抗日斗争的前线。

1935年秋，在掩护部队突围时，赵一曼身负重伤，昏迷被俘。日军为了逼她招供，几乎使用了所有的酷刑：坐老虎凳，灌辣椒水，用钢针扎，用烧红的烙铁烫，甚至使用电刑器具和化学药剂……她被折磨得死去活来，鲜血淋漓，但始终没有吐露过党的任何秘密。

重刑之下，赵一曼奄奄一息。日军把她送进了医院，不疗伤，只维持她的生命，稍有好转，又进行严刑拷打，如此反复。

但赵一曼钢铁般的意志坚不可摧。她的爱国行为感化了看守她的伪军董宪勋和护士韩勇义，两人帮她出逃，但最终还是被日军抓了回来。

这次等待她的是更加惨绝人寰的酷刑，丧尽人性的日军运来了专门对付女性的刑具——电椅。

赵一曼坐在电椅上，被电击长达7个小时，身体的

赵一曼与儿子的合照

剧痛可想而知，身上的有些部位被电得焦黑，然而她始终没有泄露一句革命机密。就连一直严刑拷打赵一曼的日本军官大野泰治也被她的坚强不屈所震撼，专门到监狱里看望，请她为自己留字纪念，于是赵一曼写了这首《滨江抒怀》送给他。

无可奈何的日军最后决定将赵一曼处死。1936 年 8 月 2 日，赵一曼高唱着《红旗歌》英勇就义，年仅 31 岁。

忆秦娥[1]·娄山关[2]

毛泽东

西风烈[3]，长空[4]雁叫霜晨月。霜晨月，马蹄声碎[5]，喇叭声咽[6]。

雄关漫道[7]真如铁，而今迈步从头越。从头越，苍山如海，残阳[8]如血。

注释

[1] 忆秦娥：词牌名，源于李白的词句“秦娥梦断秦楼月”。双调，仄韵格，四十六字。

[2] 娄山关：又名太平关。遵义市北大娄山脉中段遵义与桐梓交界处，是从四川进入贵州的重要关口，海拔1576米，自古为兵家必争之地。

[3] 烈：猛烈，强劲。

[4] 长空：辽阔的天空。

[5] 碎：细碎。

[6] 咽：在这里读yè。本义是声音因哽塞而低沉，在

这里指清晨寒风中时断时续的军号声。

[7] 漫道：莫道。

[8] 残阳：夕阳。

赏 析

娄山关

1935 年 2 月，遵义会议后，红军长征遇到的第一个关口就是娄山关。娄山关地势险要，只有控制关口，大部队才能继续北上。经过激烈战斗，红军终于控制了娄山关并顺利通过关口。重回党中央领导地位的毛泽东心情无比激动，挥毫写下此词。

词的上阕主要写景。1935 年初春的一个早晨，地上结满霜花，空中挂着一轮晓月。西风劲吹，传来大雁的阵阵叫声，同时也传来凌乱、细碎、急促的“嘚嘚”的马蹄声，军号声声，低回呜咽。一场紧张的战斗已经拉开了序幕。“霜晨月”采用叠句手法，看似平静优美的自然之景，却因“马蹄声碎”“喇叭声咽”中的“碎”和“咽”烘托出行军途中的严肃、紧张，增添了一份沉郁和悲壮。

下阕前两句“雄关漫道真如铁，而今迈步从头越”，意思是：不要说这娄山关真的如钢铁般坚硬难以逾越，而今我们要从头开始征服它！“从头越”使用叠句手法，循环往复，表现出伟人大无畏的英雄主义和革命乐观主义精神。

“苍山如海，残阳如血。”这两句转为写景，苍茫的群山如碧波起伏的大海，天边的夕阳如殷红的鲜血醒目耀眼。经过一天的激战，顺利拿下了娄山关，这两句写景，把战后的喜悦之情表达得淋漓尽致。

全词慷慨激昂，洋溢着革命英雄主义和乐观主义精神，伟人的胸怀和斗志将永远激励着我们前进。

红色往事

1935年1月召开的遵义会议，确立了毛泽东在中国共产党和红军中的领导地位。遵义会议后，毛泽东率红军主力准备翻越娄山关，从宜宾与泸州之间渡过长江，与红四方面军会合，然后北上。蒋介石察觉出了红军的意图，派出重兵围追堵截，情况万分危急。毛泽东当机立断，放弃进入四川，然后调头向东进攻，二渡赤水，再占娄山关。

娄山关是大娄山脉的主峰，地势非常险要，素有“一夫当关，万夫莫开”之说，它连接四川与贵州，自古乃兵家必争之地。民谣唱道：“巍巍大娄山，离天三尺三。人过要低头，马过要落鞍。”

2月25日，争夺娄山关的战斗打响了！红军战士避开敌人主力，熹微中从娄山关左翼艰难地悄悄攀山，一不小心就会掉下万丈深渊。红军战士隐蔽集结好，等

遵义会议会址

冲锋信号一发出，喊杀声如雷，手榴弹爆炸声震天，一阵猛烈的攻击后，在硝烟滚滚中夺得了主峰点金山。敌军组织强大火力疯狂反扑。红军进行了5次冲锋，经过激烈争夺，短兵相接，鏖战一天，终于在黄昏前攻下娄山关制高点点金山、大尖山，控制了娄山关关口。

至此，红军歼灭黔军3个团，取得了长征以来的第一次胜利.这次战役是长征途中重要的战略转折点，因此有人称娄山关是中国革命史上的转运之关，具有重大的历史意义。

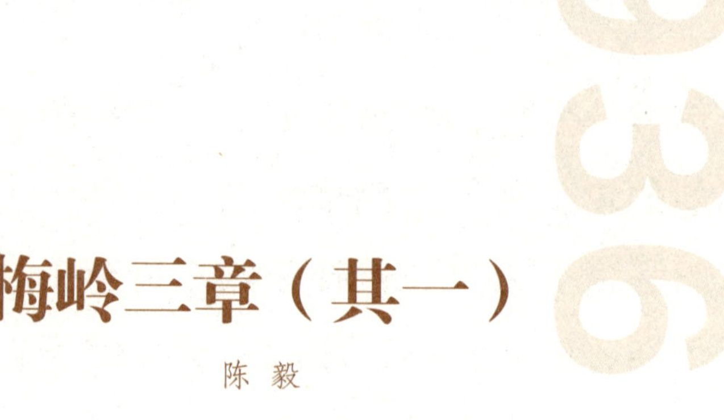

梅岭三章（其一）

陈 毅

断头今日意如何？创业艰难百战多。
此去泉台[1]招旧部[2]，旌旗[3]十万斩阎罗。

注 释

[1] 泉台：指人死后埋葬的地方。

[2] 旧部：从前的部下。这里指牺牲了的战友。

[3] 旌旗：这里借指部队。旌，古代用于指挥或开道的一种旗帜。

赏 析

1936年冬天，陈毅在梅岭被敌人包围了20多天，难以脱身，便写了3首“绝命诗”，这是其一。我们看到的这首诗，是后来被陈毅修改过的。

首句采用设问句式，提挈全篇，给全诗奠定慷慨悲壮的感情基调。“断头今日意如何”，面临死亡的境地，会想些什么呢？“断头今日”采用倒装手法，突出“断头”，说明面临的处境极为凶险。

“创业艰难百战多”，诗人回首往事，感慨创业中充满的艰难困苦。战斗不计其数，革命尚未成功。

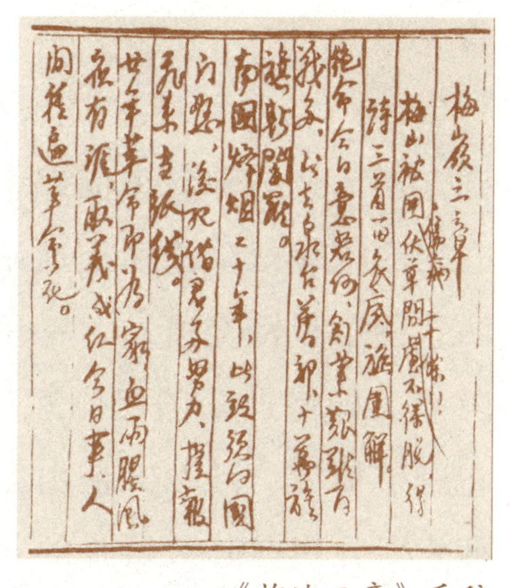

《梅岭三章》手稿

“此去泉台招旧部，旌旗十万斩阎罗”，即使牺牲了，死后也要招集旧部英魂，率领十万大军和国民党反动派血战到底，彻底消灭他们。运用“泉台”“阎罗”的传说，体现了作者誓死不渝的决心。一个“招”字，写出了革命者指挥千军万马的英雄气概；一个“斩”字，力重千钧，把对国民党反动派的无比仇恨，畅快淋漓地呈现出来。

红色往事

1934 年 10 月红军开始长征时，陈毅身负重伤，留在南方坚持了 3 年的游击战争。他指挥的游击战钳制和消耗了国民党军队的很大兵力，成为蒋介石的心腹大患。

1936 年冬，国民党设下圈套，谎称中共中央派人到江西大余与陈毅见面，企图诱捕他。与中共中央联系心切的陈毅冒险前往交通站了解情况，却发现国民党部队包围了秘密交通站。一位老人告诉他有人叛变，于是陈毅立即撤退。国民党军出动 4 个营的兵力一路追捕，包围了梅岭。敌军知道山上有“大人物”，多次疯狂搜山，搜索时几次与陈毅藏身的草丛近在咫尺，却没有发现他。陈毅躲过了一次又一次的搜索，在山中被困了 20 多天。米吃完了，就吃苦菜叶熬成的“稀饭”，忍饥受冻，条件无比艰苦。大腿上的枪伤发炎化脓，还发着高烧，因没有医药，他忍痛用刀子把伤口割开，挤出脓血，再用盐水清洗。敌人屡次搜寻不到，恼羞成怒，放火烧山，梅岭顿时成为一片火海。就在烈火即将烧到陈毅藏身之处时，突然天降大雨，将大火浇灭。

1936 年 12 月 12 日，西安事变发生后，国民党军队急急忙忙从游击区撤走，陈毅才得以脱险。

有感

朱学勉

男儿奋发贵乘时[1]，莫待萧萧两鬓丝。
半壁河山沦异域，一天烽火遍旌旗。
痛心自古多奸佞，怒发而今独赋诗。
四万万人同誓死，一心一德一戎衣[2]。

注释

[1] 乘时：及时。

[2] 一戎衣：即全民武装、同心抗日的意思。戎衣，军服。

赏析

这首诗是朱学勉在1937年抗日战争全面爆发时所写。

首联直抒胸臆，“男儿奋发贵乘时，莫待萧萧两鬓丝”，有志男儿贵在响应时代的召唤，奋发有为，承担起拯救民族的重任，不要等到两鬓斑白时追悔莫及。该句化用汉乐府《长歌行》“少壮不努力，老大徒伤悲”和岳飞的词《满江红》“莫等闲，白了少年头，空悲切”之意，情真意切，充满激励之情。

朱学勉

颔联写当时的社会形势，“半壁河山沦异域，一天烽火遍旌旗。”1931年九一八事变发生，日军铁蹄踏入中国大地，到1937年，大半个中国落入日军之手。在中国共产党的领导下，抗日烽火在全国各地迅速燃烧起来，中国人民纷纷举起抗日的旌旗。

颈联道出赋诗的原因，“痛心自古多奸佞，怒发而今独赋诗”。令人痛心的是，自古以来就有很多祸国殃民的奸贼，就像当下对内镇压民众、对外投降日本的国民党反动派，他们的作为让人痛恨，让作者怒发冲冠，并赋诗痛斥。

尾联号召大家奋起抗争，“四万万人同誓死，一心一德一戎衣”。这是全诗的主旨，作者希望全国人民团结起来，万众一心，同仇敌忾，奔赴前线，将日军驱出国门！

纵观全诗，激情澎湃，荡气回肠。面对河山沦陷、奸佞当道、内忧外患的局面，作者表达了强烈的爱国主义情感，号召全民同心抗日。

红色往事

朱学勉（1912—1944），原名应端贤，浙江宁海县人，青年时期受鲁迅作品影响，憎恨那些有钱有势的人，同情穷苦的劳动人民。九一八事变后，他常用“愁悲”为笔名写文章，揭露时代弊端。邹韬奋十分赏识他，几次同他见面谈话，给予鼓励和帮助。

1937 年，七七事变发生。日军的炮火将朱学勉惊醒，激发起他强烈的爱国之情。8 月，他写了《有感》等 3 首诗，抒发了投笔从戎的志愿和与日军血战到底的决心。

中国军队撤退后，日军通过卢沟桥

朱学勉认为，只有中国共产党才能救中国，只有去革命圣地延安，才能真正找到抗日救国的道路。“到延安去！”这是他内心的呐喊，也是一代热血青年的呐喊。同年 10 月，朱学勉毅然辞去工作，在应野萍、李守先、王任叔等人资助下，只身奔赴延安。在革命圣地延安，朱学勉迅速成长起来，不久就加入了中国共产党。

别上海

田 汉

凄风苦雨上船时，忍见春申[1]换敌旗。
二十万人流热泪，明年焦土[2]又新枝！

注 释

[1] 春申：此处指上海市。

[2] 焦土：指烈火烧焦的土地。

赏 析

这是1937年8月淞沪会战后，田汉离开上海时所写。

“凄风苦雨上船时，忍见春申换敌旗”，在凄风苦雨中，登船离开上海，看到上海已经更换了日本国旗，内心无比悲愤。

“二十万人流热泪，明年焦土又新枝！”二十万同胞面对苦难中的上海流下热泪。等到明年，坚信被战火烧焦的土地上，一定会长出崭新的枝叶。此处借用金朝元好问《浣溪沙·往年宏辞御题有西山晴雪诗》中的“焦土已经三月火，残花犹发万年枝”，用“新枝”表达对抗战胜利的期待。

红色往事

田 汉

1937年8月淞沪会战爆发后，田汉回到上海，为抗日而奔走呼号。他与郭沫若、欧阳予倩、周信芳等组成上海戏剧界救亡协会，不断在《救亡日报》上发表文章和诗作。他出席各种集会，每次必发表演说，成为名副其实的“剧坛盟主”“梨园领袖”。他带着艺人，冒着炮火到前沿阵地，对抗日战士进行宣传鼓动；还去后方医院慰问受伤战士，整个上海文艺界到处是田汉的身影。由他起草的《中华全国戏剧界抗敌协会成立宣言》，对形成抗日民族统一战线发挥了巨大作用。

11月11日，中国军队从前线撤退。12日夜，南市陷落。从十六里铺到法大马路一带，难民满街，老人孩子个个悲苦万状，无家可归。田汉准备离开上海到内地继续进行抗战宣传，临行前，他说：“不管是走的，还是留下的，都要坚持抗战，不做亡国奴。我们现在分手，将来还要见面的！”这天傍晚，田汉和弟弟登上了开往南京的“同和”号轮船。

救亡日報
沫若
廣州版十日合訂本第一輯
要目
蔣委員長訓示
余漢謀總司令題字
吳鐵城主席題字
曾養甫市長題字
香翰屏副總司令題字
特稿
李公樸：游擊戰與持久戰
夏衍：上海還在戰鬥
薩空了：獻給廣州新聞界
救亡日報社

《救亡日报》广州版十日合订本第一辑

有感于上海的惨状，田汉奋笔疾书，写下了《别上海》。带着这份悲愤和抗战到底的决心，他奔赴长沙、武汉，又从重庆到桂林，再由昆明到重庆，一直为宣传抗战而奔波。

卫岗初胜

栗裕

新编第四军[1]，先遣[2]出江南。
卫岗[3]斩土井[4]，处女[5]奏凯[6]还。

注释

[1] 新编第四军：新四军。

[2] 先遣：先遣部队。

[3] 卫岗：地名，位于江苏省镇江市西部。

[4] 土井：日本军官少佐的姓氏。

[5] 处女：首次，此处指第一次江南抗日战争的胜利。

[6] 奏凯：高奏凯歌，指取得抗战胜利。

赏析

1937年，日军发动全面侵华战争，我国大好河山惨遭践踏，中华民族处于亡国灭种的危急关头。中国共产党率领军民，义无反顾地投身到抗击日本侵略者的洪流之中。

1938 年，粟裕将军率领新四军第一支队挺进江南，在卫岗伏击日军并大获全胜。胜利后，铁血将军变成诗人，写下了这首五言诗。

“新编第四军，先遣出江南”，作者平铺直叙，交代战斗背景，强调了新四军作为先遣部队转战江南。

“卫岗斩土井，处女奏凯还”，作者介绍战斗收获与胜利的喜悦，在卫岗斩杀了日军少佐土井，首战即凯旋。此战不仅提振了新四军的士气，还为全国的抗战注入了信心和力量。

全诗语言平实，语气畅达，直观地表达了粟裕将军的家国情怀，确立了民族团结、抵御外侮的抗战基调。

红色往事

抗击外敌入侵，树立民族自信心，最好的办法是什么？就是打一场漂亮的胜仗！粟裕将军给出了最好的答案。

1938 年 6 月，粟裕将军率领新四军第一支队挺进江南。通过侦察发现，在镇句公路上“每天有敌汽车通行达五六十辆之多，其通行时间从午前八时至九时及午后四时前后为最多”。此地山高林密，易于设伏。经周密部署，他决定在卫岗以南赣船山口伏击日军，争取以小的代价取得大的胜利。

卫岗附近地形

16日午夜，天降大雨，粟裕率军踏着泥泞，一路急行军，到达卫岗预设阵地埋伏起来。待日军车队进入包围圈，到了绝佳打击距离时，粟裕一声令下，机枪、步枪、手榴弹齐发，打了个日军措手不及，狼狈溃逃。经过半个多小时的激战，击毙日军少佐土井、大尉梅泽武四郎等20余人，缴获军用车辆及大量军需物资，并在敌军增援赶来之前，顺利撤至安全地带。

卫岗伏击战是新四军挺进江南敌后抗击日军的第一仗，意义非凡。这一仗威震江南，鼓舞了士气，振奋了民心，点燃了江南及全国人民抗日斗争的熊熊烈火，同时展示了新四军的威武雄风和战斗精神。

大洪山[1]打游击

陶铸

寇深日亟[2]已无家，策马洪山踏日斜。
风自寒[3]人人自瘦，拼将赤血灌春花！

注释

[1] 大洪山：古称绿林山，位于湖北省中北部，横跨随县、钟祥、京山三地。

[2] 亟：急迫，迫切。

[3] 寒：在这里是“使……寒冷”的意思。

赏析

1938年，日军占领武汉之后，陶铸率领部队在鄂中大洪山地区坚持游击战争，在战斗间歇写就该诗。诗歌既表现了战争的残酷，又抒发了甘洒热血、报效国家的壮志豪情。

首句铺陈环境，“寇深日亟已无家，策马洪山踏日斜”。

日军日益紧逼，沦陷区人民流离失所，无家可归。在大洪山如血的残阳里，战友们跃马扬鞭，与日军搏杀。

尾句借物言志，“风自寒人人自瘦，拼将赤血灌春花！”冬天的夜晚北风呼啸，寒气刺骨，国仇家恨令人伤怀，不知不觉便消瘦下去。为战胜日军，赢得解放，甘洒热血，浇灌春花。“春花”在这里比喻革命胜利、人民幸福与国家独立。

红色往事

1938 年 10 月，攻占了武汉的日军部队在国民政府武汉行营大门前耀武扬威

1938 年 10 月，日军占领了武汉三镇。陶铸临危受命，到鄂中大洪山工作。大洪山地势险要，山高林密，便于隐蔽。山里有几十个天然溶洞，可以设置医院、兵工厂、印刷厂和学校。这里土地肥沃，盛产稻子和棉花，可以为部队提供给养，非常适合建立抗日根据地。

陶铸刚到大洪山时，只带了8条枪、十几个人。11月上旬，他将几支武装统一整编为“应城抗日游击队”，后来扩编成3个大队，各路人马达500余人。在这里，陶铸积极发展党组织，发动群众成立抗日救国团体和抗日武装，还创办了《大洪山报》宣传抗日主张。

恶劣的环境和繁重的工作使陶铸肺病发作，高烧不退，甚至咳血，但他依然坚持工作。在党的领导和陶铸的直接指挥下，鄂中地区的抗日斗争形势一片大好。

为了宣传抗日、鼓舞人心，他还亲自编写了易于传唱的“三字经”:“我中华，是大国，人口多，土地阔。气候好，物产多，全世界，第一个。小日本，是近邻，人同种，书同文。到明治，讲维新，翻了脸，不认人。九一八，沈阳城，被侵占，东四省，遭沦陷。我同胞，遭枪杀，或蹂躏。七月七，挑事端，卢沟桥，战火起……”

1940年3月，陶铸离开了大洪山，但是他把抗日的种子种在了大洪山，使其在这块革命的沃土上扎根发芽，蓬勃生长。

寄语蜀中父老

朱德

伫马[1]太行侧[2]，十月雪飞白[3]。
战士仍衣单，夜夜杀倭贼[4]。

注释

[1] 伫马：伫，指长时间地站着。伫马在这里是驻军的意思。

[2] 太行侧：抗日战争时期，八路军总部设在太行山西侧的山西境内，故称“太行侧”。

[3] 雪飞白：指雪花飞舞。

[4] 倭贼：日本侵略者。

赏析

《寄语蜀中父老》是朱德在1939年创作的一首五言绝句。1939年10月的一个冬夜，朱德替刚入伍的战士站岗，看着漫天的飞雪、巍峨的太行山、身着单衣的战士，他悲愤于战士们所处的艰苦的环境，想到了家乡蜀中父老，有感而发写下了这首诗。

作者使用白描的手法，将高山、飞雪、战士等意象组合在一起，没有华丽辞藻的堆积，却营造了一种苍凉悲壮的氛围。

诗歌开头交代时间、地点和环境，描写了战士所处环境的恶劣。“伫马太行侧，十月雪飞白”，太行山寒风凛冽，十月就飘起了白雪。“伫”字用得甚妙，彰显了作者的英雄气概。“战士仍衣单，夜夜杀倭贼”，将士们在这样恶劣的天气，仍然身着单衣，英勇杀敌。一个“杀”字，形象地展现了八路军战士的英姿，表达了抗战的决心与信心。

作者系四川人，征战在外仍心系家乡父老。这首《寄语蜀中父老》既是对“蜀中父老”寄语，也是对全中国人民的寄语，向全国人民表达八路军战士在艰苦环境下的抗战决心与大无畏的精神。

红色往事

抗战初期，国共第二次合作，朱德作为国民革命军第八路军总指挥，在太行山度过了两年多的峥嵘岁月，开辟了以巍巍太行为依托的敌后抗日根据地。

日军在太行山岭行军

1939年，国民党政府违背国共合作的承诺，断绝八路军的物资供应，再加上日军的封锁，太行山军民的生活十分艰苦。战士们身着单衣，脚踩草鞋，吃着黑豆煮野菜，依然坚持抗战。

入冬后的太行山寒风刺骨，年逾半百的朱德和将士们一起节衣缩食。八路军总部供给部部长杨立三看到朱德的衣服满是补丁，要给他换一套棉衣，朱德断然拒绝，说："前方将士们身着单衣，在冰天雪地里和鬼子作战；我在指挥所里，旧衣服补补还能穿嘛！"朱德不仅不换棉衣，还要求警卫员把补衣时取下来的旧补丁留着纳鞋底，不浪费一块棉布。

1940年，该诗在重庆《新华日报》发表后，引起社会各界人士的强烈反响，他们对浴血奋战的八路军战士表达了高度的赞扬和极大的同情，纷纷募捐物资，支援前线。

太行[1]春感

朱德

远望春光镇日[2]阴，太行高耸气森森。
忠肝不洒中原泪，壮志坚持北伐[3]心。
百战新师[4]惊贼胆，三年苦斗献吾身。
从来燕赵[5]多豪杰，驱逐倭儿[6]共一樽。

注释

[1] 太行：指太行山。抗日战争时期，八路军曾在太行山区建立了抗日根据地。

[2] 镇日：整天。这里是经常的意思。

[3] 北伐：指宋朝爱国名将岳飞北伐抗击金兵入侵。

[4] 百战新师：中国共产党领导的八路军。

[5] 燕赵：指中国古代的燕国、赵国。这里指以太行山根据地为中心的华北地区。

[6] 倭儿：指日本侵略者。

赏 析

该诗作于1939年春，朱德时任八路军总司令，率领八路军在太行山区建立了抗日民主根据地，与日军展开游击战。

首联写景，“远望春光镇日阴，太行高耸气森森”。虽然已是春天，但天气依然阴冷昏暗。“阴”既指天气，又隐喻国民党统治下的政治气候。巍峨高耸的太行山却是另一番景象，树木郁郁葱葱，到处生机勃勃。作者以“气森森”喻指根据地的大好形势。

颔联抒怀，“忠肝不洒中原泪，壮志坚持北伐心”。此处用了两个典故：一是西晋灭亡后，北方的士大夫为中原的沦陷而悲叹流泪；二是宋朝岳飞奋起抗击金兵的入侵。两相对比，强烈地表达了中国共产党及广大军民的抗战决心。在国土沦陷之时，决不像封建士大夫那样只会哭泣，而要像岳飞那样，忠心报国，抗战到底。

颈联铺陈往事，“百战新师惊贼胆，三年苦斗献吾身”。三年来，八路军将士浴血奋战，令敌人心惊胆寒。在艰苦卓绝的抗日战争中，广大抗日军民赤胆忠心，甘愿牺牲。

尾联畅想未来，“从来燕赵多豪杰，驱逐倭儿共一樽”。有道是燕赵多慷慨悲歌之士，齐鲁多行侠仗义之人。古代的燕国和赵国，即河北、山西一带，此时已建立了大片抗日根据地。在这片土地上，涌现出了一大批抗击日本侵略者的英雄豪杰。待到将日本侵略者驱逐出中国，我们举杯畅饮，共同欢庆抗战的伟大胜利。

红色往事

七七事变以后，抗日战争全面爆发。11 月，朱德和刘伯承、邓小平一起率部队进入太行山区，建立抗日民主政权，点燃了太行山区的抗日烽火。

为纪念在太行山上牺牲的新闻战线的烈士而修建的纪念碑

1939 年春天，全面抗日战争进入第三个年头。3 年来，日军以重兵进攻敌后抗日根据地，形势十分严峻。敌人的包围和封锁，给根据地军民造成了极大的困难。战士们缺衣少食，只能用树皮和野菜充饥，寒冬腊月仍穿着单薄的衣服作战，枪支弹药的供给更加困难。

面对困难，朱德号召八路军官兵同根据地群众一起，开荒种地，制造武器，与日军展开血战。在朱德等人的带领下，八路军收复县城60余座，将大片国土从日军的铁蹄下解放出来，从而在华北建立起晋冀鲁豫抗日根据地。

这首诗就是在这样的历史背景下写成的。

1940

读方志敏同志狱中手书有感

叶剑英

血染东南[1]半壁红，忍将奇迹作奇功。
文山[2]去后南朝[3]月，又照秦淮一叶枫。

注释

[1] 东南：指方志敏战斗和牺牲的地方。方志敏创建了闽浙赣革命根据地，牺牲在南昌。

[2] 文山：文天祥，号文山，江西吉安人，南宋爱国英雄，奋起抵抗元军入侵，留有名篇《过零丁洋》。

[3] 南朝：中国南北朝时期，占据江南地区的宋、齐、梁、陈四朝被称为南朝。因南朝都城设在南京市，故后人用南朝借指南京。

赏 析

1940年6月，叶剑英在重庆红岩村读到了方志敏烈士的遗作手稿《我从事革命斗争的略述》，感慨万千，怀着崇敬的心情写下了这首诗。

“血染东南半壁红，忍将奇迹作奇功。”烈士的鲜血染红了中国东南的半壁江山，江河为之失色，草木为之动容，怎能容忍英雄被残忍杀害？在这里，“奇迹”“奇功”有两层含义：一是指方志敏短暂的一生为中国革命创造了大量奇迹，屡立奇功，表达了作者深深的敬意；二是敌人对革命英雄的残害罪行滔天，骇人听闻，表达了对烈士的沉痛悼念和对敌人暴行的无情鞭挞。

“文山去后南朝月，又照秦淮一叶枫。”南京城的明月曾经照耀过一代爱国英雄文天祥，现在又把它的月华洒向方志敏烈士的伟大英灵。方志敏和文天祥同是江西人，同样慷慨就义。作者借古喻今，赞扬方志敏像文天祥一样威武不屈。“一叶枫”在这里比喻方志敏烈士坚贞不屈的精神，赞美他生的伟大、死的光荣。

诗歌发表后，当时在重庆的郭沫若专门和诗一首：“千秋青史永留红，百代难忘正学功。纵使血痕终化碧，弋阳依旧万株枫。”

红色往事

方志敏

方志敏烈士的遗作《我从事革命斗争的略述》何以深深触动叶剑英和郭沫若？这与方志敏的革命事迹及当时的社会背景有关。

方志敏，1899年出生于江西弋阳，1924年3月加入中国共产党，曾任闽浙赣省苏维埃政府主席和红十军政治委员。他是杰出的农民运动领袖，是红十军的缔造者。他头脑灵活，领导闽浙赣根据地时，为了发展经济，发行股票，实行对外开放的边贸政策；他在作战中创造性地运用地雷战，提出“出其不意、攻其不备、声东击西、避实就虚”16字战略要诀，对中国革命贡献巨大。1934年11月底，方志敏率红军抗日先遣队北上抗日，途中遭叛徒出卖，被捕入狱。在狱中，他用敌人劝降的笔和纸写下了《可爱的中国》《清贫》等作品，唱响了共产党人的正气歌。1935年8月6日，方志敏在南昌下沙窝被国民党杀害，牺牲时年仅36岁。

叶剑英创作这首诗时，正处在抗战的艰难岁月。国民党发动了第一次“反共”高潮，被我党粉碎后，又企图发动第二次“反共”高潮，制造了震惊中外的“皖南事变”。新四军在皖南地区遭遇国民党反动派的伏击，损失惨重。在这种情况下，时任中共中央长江局委员、南方局常委的叶剑英写下这首诗，来鼓舞我军士气。

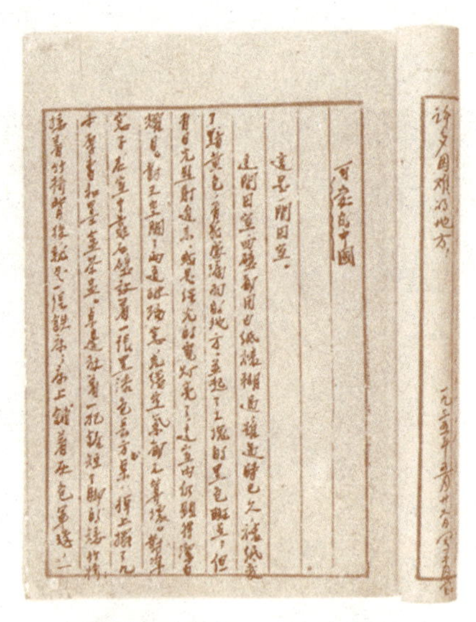

《可爱的中国》手稿（部分）

周恩来非常欣赏这首诗，在一次大会上，他背诵了这首诗，号召大家向方志敏烈士学习。如今，当我们参观方志敏纪念馆的时候，就可以在方志敏塑像的底座上看到叶剑英元帅题写的这首诗的手迹。

无　题

李　达

不才[1]小憩[2]楚江滨，但觉泉林空气新。
浮世虚名乖[3]素愿，人生真理润吾身。
盈庭桃李[4]三千树，逝水韶华五十春。
我辈此今皆老大，那堪回首话白萍[5]。

注　释

[1] 不才："我"的谦称。

[2] 小憩：短时间的休息，憩是休息的意思。

[3] 乖：违反，背离。

[4] 桃李：比喻老师辛勤栽培的学生。

[5] 白萍：原指水中的浮草，这里是一种意象，表达对时光流逝的感慨。

赏　析

李达，湖南零陵人，是中国传播马克思主义的先驱者

李达

之一，被称为共产党的哲学家。1940年，他返回故乡零陵，到母校演讲，激发师生的爱国热情。同年秋天，李达应聘到广东坪石中山大学任教，临行前写下这首诗，赠予母校及同窗好友郑桂芳。

首联写回乡的感受，“不才小憩楚江滨，但觉泉林空气新”。回到家乡楚江边，泉池和树林间的空气清新怡人。

颔联写心境和人生抱负，“浮世虚名乖素愿，人生真理润吾身”。浮世虚名违背平素的心愿，只有人生的真理，才能滋润我的身心。

颈联盛赞母校，“盈庭桃李三千树，逝水韶华五十春”。时光像流水一样匆匆逝去，一转眼已是50个春秋。50年间，母校培养了众多英才，已是桃李满天下。

尾联抒发人生感慨，“我辈此今皆老大，那堪回首话白苹”。如今我们都已年过半百，追忆意气风发的少年时代，不禁令人心生感慨。

这是李达写给母校永州府中学和校友的诗，字里行间充溢着对母校的深厚情感。

李达生于1890年，在家乡有"小神童"之称。1905年，他进入永州府中学读书。在去学校的路上，他的老师看到沿途风光，即兴吟出"东西两岸皆蔡家"，让李达对对子。李达看到清幽的潇水汇入湘江，小洲上树木繁茂，一片葱茏，脱口而出"潇湘二水汇萍洲"。他的老师听后，对李达的才情赞不绝口。

李达在永州府中学度过了一段美好的时光。他和同学们在春水初涨时交流思想，在潇潇雨夜中秉烛夜读。他们一篇篇文采飞扬的文章收录在《鹤鸣文集》中，成为美好的青春记忆。

中共一大闭幕会议召开地——嘉兴南湖红船

1909年，李达告别永州府中学，到北京读书。1913年，又东渡日本求学，临行前特地与母校师生辞行。1920 年夏，李达从日本归国，与陈独秀、李汉俊等人筹备和组织中国共产党第一次全国代表大会，后在中共一大上当选为中共中央局宣传主任。1922 年后，他先后在湖南自修大学、武昌中山大学、上海法政学院、上海暨南大学、北平大学、广西大学、广东中山大学等地任教。无论身在何处，他始终牵挂着自己的母校。1962 年，身为全国人大代表的李达回家乡调查，特地到母校劝勉师生。1963 年适逢母校校庆，他题词并与当时在武大就读的母校校友合影留念，尽显对家乡晚辈的期许之情。

为“皖南事变”题诗

周恩来

千古奇冤，江南一叶[1]。
同室操戈[2]，相煎何急[3]？！

注 释

[1] 叶：指叶挺将军，以及叶挺任军长的新四军。

[2] 操戈：本意指动武。此处指国民党军队袭击新四军。

[3] 相煎何急：出自曹植《七步诗》“本是同根生，相煎何太急”。

赏 析

这首诗作于1941年1月17日，曾载于1941年1月18日重庆《新华日报》。当时，周恩来正在重庆，获悉“皖南事变”后，无比悲愤。为了揭穿蒋介石背信弃义的真相，控诉国民党反动派屠杀新四军数千人的罪行，他写下了此诗。

诗的开篇以“冤”字点明主旨。“千古奇冤，江南一叶”，在国共合作、一致抗日的大背景下，国民党军队却在皖南袭击新四军，酿成震惊中外的血案，堪称“千古奇冤”。次句借用曹植的《七步诗》，改为“同室操戈，相煎何急”。身为中华同胞，本应携手合作，共御外侮，却刀枪相向，让人不可理解，更不能接受。

诗歌虽短，但一字千钧，向国民党反动派发出了有力的控诉。

红色往事

1940—1941 年的中国，正处于抗日战争中的战略相持阶段。由于战局的扩大、战线的拉长，以及长期的战争消耗，使得日本在人力、物力、财力上严重不足，已经无法发动大规模的战争。此时，正是向日本侵略者发起围歼的大好时机，然而国民党却

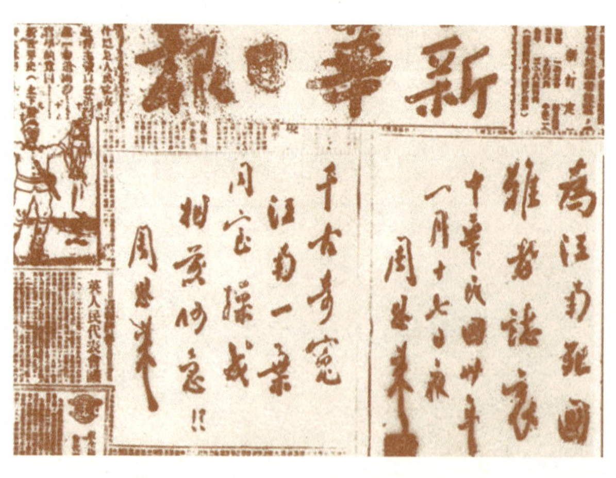

“皖南事变”发生后，周恩来在《新华日报》发表题词

将黑手伸向了自己的同胞。

1940 年 12 月 10 日，蒋介石密令国民党军队围歼新四军部队。1941 年 1 月 6 日，奉命北移的新四军军部及所属部队 9000 余人，在安徽泾县茂林镇山区，突遭国民党军队 7 个师、8 万余人的包围袭击。新四军奋战七昼夜，除 2000 余人突围外，其余大部分牺牲或被俘。军长叶挺在与国民党谈判时被扣押，政治部主任袁国平牺牲，副军长项英、副参谋长周子昆在突围中被叛徒杀害。1 月 17 日，蒋介石反诬新四军“叛变”，宣布取消新四军番号，声称将新四军军长叶挺交付“军法审判”。

“皖南事变”的发生，暴露了国民党反动派的虚伪面目，而中国共产党坚持抗日的坚定立场和维护抗战大局的态度，赢得了多方同情和广大群众的拥护。经此事件，国民党当局在政治上陷于空前孤立的境地，不得不收敛其“反共”活动。1941 年 3 月，蒋介石公开表示“以后绝无剿共的军事”，国民党第二次“反共”高潮被打退。

1942

狱　中

杨道生

中原大地起腾蛟[1]，三字[2]沉冤恨未消。
我自举杯仰天笑，宁甘斧钺[3]不降曹[4]。

注释

[1] 腾蛟：蛟龙腾跃，比喻各显神通。

[2] 三字：指“三字狱”。南宋时期，奸相秦桧以“莫须有”的罪名杀害岳飞，之后人们以“三字狱”比喻被冤枉陷害。

[3] 斧钺：读 fǔ yuè，斧钺泛指兵器，此处指杀戮。

[4] 曹：指曹操及曹操代表的曹魏政权，此处指国民党政权。

赏析

杨道生，原名杨本基，1911 年出生于江苏淮安，1938 年在重庆与母亲萧禹一起加入中国共产党。1941 年 2 月

13日，杨道生在赴四川乐山途中，被国民党反动派抓捕；1942年6月3日被杀害，就义前写下了这首绝笔诗。

首句“中原大地起腾蛟，三字沉冤恨未消”，写中原一带的抗战形势：此时的中原大地，热血男儿奋勇杀敌，而国民党反动派却要用莫须有的“罪名”镇压抗日义士，如此做派怎能消解我心头的怨恨。末句“我自举杯仰天笑，宁甘斧钺不降曹”，作者以诗言志，表达了我自举杯、仰天长啸的豪情，以及宁愿斧钺加身，也不会向国民党反动派屈服的革命气节。

全诗措辞铿锵，激情澎湃。其英雄气概，感天动地！

红色往事

20世纪40年代初，抗日战争如火如荼地进行，全国上下本该同仇敌忾，同赴国难，但国民党反动派却始终秉持“攘外必先安内”的基本国策，不时向共产党伸出黑手。

杨道生被捕后，尽管没有暴露身份、职务，但特务们认定他就是共产党的一条“大鱼”，对他使用各种酷刑，如坐老虎凳、灌辣椒水等，企图从他口中获取党的秘密。

身陷囹圄一年多的杨道生，面对敌人的威逼利诱，坚贞不屈，始终不为所动。敌人见一无所获，决定对其执行枪决。枪决前，敌人又对他进行了最后一次审讯，妄图以死亡来胁迫他自首。杨道生预感到死亡即将来临，在生命的最后时刻，以诗明志，慷慨就义。

杨道生的坚贞不屈与他的人生经历有关。小时候，他家境殷实，曾在私塾读书，后经营杂货店。受二弟杨述的影响，参加了淮安当地的进步团体“鲁迅读书会”和“古堡烽火社”，开始接触进步思想。为提高思想水平，他利用去上海购货的机会，购买进步书刊和唱片，把杂货店变成宣传进步思想的阵地。

1937 年江苏沦陷后，杨道生说服母亲，以长子的身份带领全家迁往四川，并由此走上了革命道路。

在中共四川临时工委的安排下，杨道生出资租赁房屋，创办了“成都战时出版社”和“英文日报馆”，利用社长兼经理的便利，掩护四川党组织的活动。在这里，他接待过周恩来、林伯渠、吴玉章、董必武等党的领导同志，组织过党小组会议，还资助进步青年赴延安或内地从事革命活动。此时的杨道生，还担任共产党成都市西城区委书记，负责领导成都市西城区的学生运动。杨道生的身份暴露后，党组织为了保护他，同时为了重建被破坏的乐山县（今乐山市）地下党组织，决定派他去乐山县担任中心县委书记。不幸的是，杨道生在赴任途中被捕。

杨道生牺牲后，他创办的出版社一直为我党服务，这首《狱中》诗也像一把精神火炬，鼓舞着许许多多的革命者前赴后继，浴血沙场。

满江红·悼左权同志

叶剑英

敌后坚持，捍卫着自由中国。试看那，欃枪[1]满地，汉家[2]旗帜。剩水残山[3]容我主，穿沟破垒标奇迹。问伊谁百万好男儿，投有北[4]。

崦嵫日[5]，垂垂[6]没；先击败，希特勒。会雄师，踏上长白山雪。风起云飞怀战友，屋梁月落疑颜色[7]。最伤心河畔依清漳[8]，埋忠骨。

注 释

[1] 欃枪：彗星的别名。《尔雅·释天》："彗星为欃枪。"古人视彗星为妖星，以为欃枪出，战乱起。在这里，指武器、军队、武装力量。

[2] 汉家：指中华民族，中国。

[3] 剩水残山：指残破的山河。辛弃疾《贺新郎·把酒长亭说》："剩水残山无态度，被疏梅料理成风月。"

[4] 投有北：语出《诗经·小雅·巷伯》"投畀有北"。

此处指奔赴抗日前线。

[5] 崦嵫日：已经靠近崦嵫山的太阳。此处指气数将尽的日本侵略军。崦嵫：山名，在甘肃省，古代神话中太阳落山的地方。

[6] 垂垂：渐渐，将要。

[7] 屋梁月落疑颜色：化用杜甫《梦李白》“落月满屋梁，犹疑照颜色”的诗句，以抒发对左权的怀念之情。

[8] 清漳：漳河上游分清漳河与浊漳河两条支流。左权同志牺牲后，葬于清漳河畔。

赏析

左权

左权，原名左纪权，是中国共产党的卓越的革命家、军事家。1942年5月，日军“围剿”八路军总部，左权指挥部队突围时，在太行山十字岭壮烈牺牲。噩耗传来，朱德、周恩来等中央领导同志写诗或撰文表示哀悼，这首词就是叶剑英为悼念左权而创作的。

词的上阕写左权在抗日战争中立下的赫赫战功。

“敌后坚持，捍卫着自由中国。”抗日战争开始后，左权同志指挥八路军开赴华北抗日前线，开辟敌后战场，从日军手里夺回了大片领土，创建了华北抗日根据地，捍卫着自由民主的中国。

“试看那，欃枪满地，汉家旗帜。”试看整个华北抗日战场，到处都是左权领导的革命武装，到处都飘扬着抗日的旗帜。

“剩水残山容我主，穿沟破垒标奇迹。”在这片被日军蹂躏践踏的剩水残山上，左权领导人民群众重整河山，把握主动权，穿壕沟、破壁垒，开展地雷战、地道战，打得日军晕头转向，创造了抗日战争的奇迹，也成为世界民族解放斗争史上的奇迹。

“问伊谁百万好男儿，投有北。”是谁让百万好男儿奔赴沙场？这既是对日军入侵中国的有力控诉，也是对国民党反动派“消极抗日、积极反共”的丑恶嘴脸的痛恨。

词的下阕，表达对战友的无限哀思和矢志报仇雪恨的决心。

“崦嵫日，垂垂没；先击败，希特勒。”这里采用比喻手法，将日军比喻成即将落山的太阳；以希特勒为代表的法西斯，末日即将来临。

“会雄师，踏上长白山雪。”会集雄师，踏上白雪皑皑的长白山，夺回被日军侵占的领土，立志为左权将军报仇雪恨。

“风起云飞怀战友，屋梁月落疑颜色。最伤心河畔依清漳，埋忠骨。”在这炮火连天、风起云涌的日子里，始终怀念着战友。每到夜晚，月光洒进室内，就仿佛看到战友的容颜，依稀可辨，清晰如昨。然而这都是梦幻，英雄的忠骨早已埋在清漳河畔，让人悲伤欲绝。这几句借景抒情，表达出对战友的浓浓思念。

整首词文辞精炼，立意高远，情感真挚，读来催人泪下。

红色往事

百团大战结束后，日军在华北地区遭受重创，溃不成军。

1942 年春，日军进行疯狂反扑，采取“三光”政策，用 3 万余兵力对太行山抗日根据地进行残酷的“大扫荡”，目标直指八路军总部机关。5 月 22 日，日军电台侦知八路军总部的位置，立即派出大批兵力合围过来。

24日，日军形成合围圈，八路军总部、中共中央北方局等机关和部分掩护部队共1万多人被包围在辽县南艾铺、十字岭一线。

24日夜，由于总部机关庞大，后勤部队携带物资过多，行动迟缓，一夜才走了20多里，队伍都挤在一起。25日凌晨，日军1万多人从四面压缩，对总部进行“铁壁合围”。危急时刻，彭德怀与左权等人决定分头突围，各自为战。

日军觉察到八路军分路突围的意图，向突围阵地猛烈轰击，数架飞机轮番轰炸，情况异常危险。这时，左权首先想到彭德怀的安全，命令部下陪同彭德怀先突围，并派一个排作掩护。彭德怀坚持要一起突围，双方争执不下。左权严肃地命令警卫人员把彭德怀扶上马，自己则坚守阵地。

1942年9月18日，辽县各界人民为纪念左权，在西黄漳村举行“左权县”命名大会

25日上午，总部机关突出重围。左权一直坚守阵地，准备率领最后一批人从十字岭冲出敌人包围圈。这时，

一架日机突然转过头来扫射，左权不顾个人危险，在高岗上依然指挥部队疏散撤离，还告诉大家不要害怕，要赶快冲出去。就在这一瞬间，一发炮弹在他身旁炸开了，一块弹片击中左权头部。左权血染青山，壮烈殉国，时年 37 岁。

1943

过微山湖[1]

陈 毅

横越[2]江淮七百里，微山湖色慰[3]征途。
鲁南峰影嵯峨[4]甚，残月扁舟入画图。

注 释

[1] 微山湖：地名，位于山东省微山县南部。

[2] 横越：指穿越泗洪、宿迁后，到达微山湖。

[3] 慰：使人心里安适；心安。

[4] 嵯峨：形容山势高峻。

赏 析

1943 年 12 月，陈毅奔赴延安，途经微山湖时，看到湖上美景，不由得诗兴大发，写下了这首《过微山湖》。

“横越江淮七百里，微山湖色慰征途。”跨过江淮，长途跋涉七百里，来到微山湖畔。微山湖美好的景色，如故人一般抚慰着心灵，将跋涉的艰辛一扫而光。

“鲁南峰影嵯峨甚，残月扁舟入画图。”坐在船上，鲁南高低错落的山峰倒映水中，巍峨雄奇。此时一弯明月升起，月影和一叶扁舟构成了一幅美丽的图画。“残月”和“扁舟”，渲染出了一种静雅温馨的意境。

诗歌用白描手法，勾勒了一幅恬淡闲适的风景画。在残酷的战争间隙，作者依然能发现景色之美，表现出作者崇高的革命浪漫主义情怀和保卫祖国大好河山的豪情壮志。

红色往事

津浦铁路（部分）

1943年12月，新四军军长陈毅去延安参加整风学习。他从苏北根据地出发，一路历经千难万险，经泗洪，绕宿迁，一路北上。途经鲁南地区时，准备西渡微山湖。八路军鲁南军区接到了护送陈毅的任务后，马上进行了周密的安排。

当时，陈毅需要穿过津浦铁路，而姬庄是跨越津浦铁路的重要关卡。敌人在铁路两侧挖了壕沟，建了炮楼，派重兵驻守，想要穿越困难重重。

为了拿下姬庄据点，游击队员黄岱牲深入虎穴，找来“伪保长”姬茂喜，由姬茂喜出面，请驻守姬庄据点的伪军副中队长张某到姬茂喜家里喝酒。张某不知是计，应邀来到姬茂喜家。当他们两人喝得尽兴时，黄岱牲突然出现，自称是飞虎队的。张某吓得魂飞魄散，表示愿意与飞虎队“交朋友”。

第二天晚上 8 点多，黄岱牲带人护送陈毅到了姬庄。张某积极配合，早已在壕沟上搭好了木板桥。晚上 10 点多，陈毅等人通过木板桥穿越了封锁线。

陈毅穿越封锁线后，在风景秀丽的微山湖边度过了 3 个昼夜。在这里，他看望了抗日军民，作了国际国内形势的报告，号召大家团结起来，坚决把日本鬼子赶出中国，还听取了抗日武装的工作汇报。短暂停留后，他继续踏上征程，于 1944 年 3 月初安全抵达延安。

题刘志丹烈士陵园

叶剑英

懿[1]惟志丹，革命英雄。
国际主义，奋志坚行。
裹革[2]沙场，虽死犹存。
纪念先烈，以启后人。

注 释

[1] 懿：美好。

[2] 裹革：语出《后汉书·马援传》："男儿要当死于边野，以马革裹尸还葬耳，何能卧床上在儿女子手中邪！"这里用以赞美刘志丹的牺牲精神。

赏 析

1943 年，刘志丹烈士陵园正式落成，叶剑英专门为陵园题写了这首诗。

"懿惟志丹，革命英雄"，这是叶剑英对刘志丹的由衷赞美和高度评价，刘志丹是真正的革命英雄。

“国际主义，奋志坚行”，刘志丹具有国际共产主义精神，他的一生都在为实现布尔什维克而不懈努力，奋力前行。

“裹革沙场，虽死犹存”，刘志丹为了革命事业，英勇献身，血染沙场，虽然死去，却如同活着。

“纪念先烈，以启后人”，纪念革命先烈，重要的是承前启后。让后人继承先烈的精神，传承红色基因，从中汲取滋养和力量。

红色往事

1937 年，抗日救国成为时代的最强音，刘志丹是当时最有名的抗日将领之一。3 月底，他带领部队东渡黄河，迎战日军，一路所向披靡，顺利入驻山西临县白文镇。他们的任务是立刻消灭黄河沿岸的敌军，占据中阳三交镇。

三交镇面向黄河，是一个重要渡口。它附近的两座山上都有防卫工事，重兵驻守，想要拿下，谈何容易。刘志丹通过抓获的俘虏，了解敌军详情和军事部署，从细节中找出制敌的关键。

4 月 14 日清晨，攻打三交镇的战斗打响了。此时的刘志丹，双眼熬得通红。他连续 3 天没有休息了，为了制订作战计划，废寝忘食地工作着。当他听到第一队进攻受阻后，就立刻来到前线阵地亲自指挥。这一战关系到河东所有红军的安危，刘志丹早已把个人安危置之度外。

就在红军即将攻下渡口时，敌人的一挺机关枪居高临下地拦住了红军前进的道路。红军设备落后，只能靠战士们一步一步强攻。刘志丹站在阵地前沿，用望远镜寻找敌军机关枪的位置，警卫员几次拉他离开，都被刘志丹拒绝。突然，一枚子弹呼啸而来，击中了刘志丹的左胸，他踉跄一步便倒下了。刘志丹留下的最后一句话是“赶快消灭敌人”。

毛泽东惊闻噩耗，悲痛欲绝。1943 年 5 月，中共中央在延安举行刘志丹将军移陵公祭典礼，毛泽东亲笔题碑：“群众领袖，民族英雄！”叶剑英则写下这首《题刘志丹烈士陵园》，以致哀思。

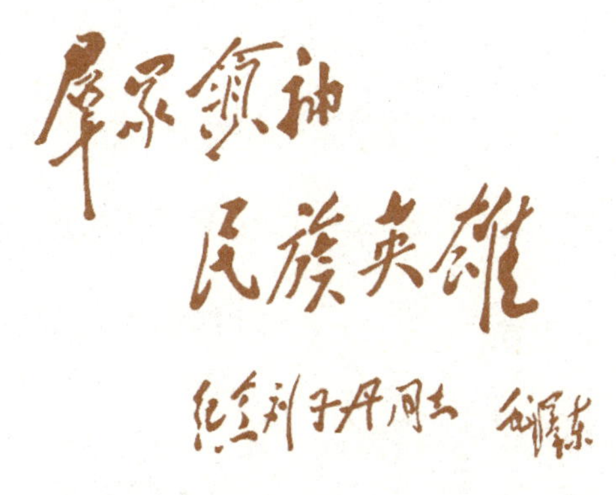

毛泽东为刘志丹题词

满江红·闻日寇窜陷宁乡[1]

谢觉哉

我梦家乡，便想到家乡梦我。第一是七十衰妻[2]，两眉深锁。雏孙想像阿公容，大儿恐亦二毛可[3]。更开门七字柴米盐，不易举[4]。

多少人，冻与饿。又遭上，大兵火[5]。看大沩岭东，回龙铺左。[6]豪吏缚民如缚鸡，将军[7]避敌如避虎。老乡们挽着老和幼，何处躲？

○ 注释

[1] 满江红是词牌名。“闻日寇窜陷宁乡”是这首词的题目，意思是听闻日寇攻陷了宁乡。

[2] 七十衰妻：指谢觉哉原夫人何敦秀。

[3] 二毛可：二毛的意思是头发斑白，代指老人。可：应。

[4] 举：操办，操持。

[5] 大兵火：日军进攻湖南，国民党守军溃逃时焚城，导致长沙大火。

[6] 大沩岭东，回龙铺左：大沩岭指宁乡境内的沩山，回龙铺是宁乡重镇。此句指宁乡县全境。

[7] 将军：指国民党将军。

赏析

1944 年 5 月下旬，日军发动湖南会战。虽然国民党守军兵力三倍于日军，却不战而退，导致湖南南部的重要城市沦陷，亿万人民深陷水深火热之中。谢觉哉获悉家乡宁乡陷落的消息，义愤填膺，写下这首词。

上阕开头“我梦家乡，便想到家乡梦我”，改用郑燮的词句，直抒胸臆，表达了对故乡的思念之情。“第一是七十衰妻，两眉深锁”，首先想到的是年迈的老妻，她定是眉头紧锁，满脸哀愁。“雏孙想像阿公容，大儿恐亦二毛可”，分离多年，小孙子只能想象祖父的样貌，大儿子恐怕也满头白发了。“更开门七字柴米盐，不易举”，还有生活所需的柴、米、油、盐、酱、醋、茶，在这种情况下更是艰难操持。

下阕写民不聊生的真实场景。“多少人，冻与饿。又遭上，大兵火。看大沩岭东，回龙铺左。”在整个宁乡，多少人无家可归，忍冻挨饿，又遭遇长沙大火，苦不堪言。“豪吏缚民如缚鸡，将军避敌如避虎”，这两句运用对比手法，揭示了人民遭受苦难的真实根源。豪强官吏欺压百姓就像对待弱小的鸡，而面对敌人时，却像躲避老虎一样抱头鼠窜，唯恐避之不及。最后两句运用反问手法，抒发满腔的愤怒。“老乡们搀着老和幼，何处躲？”由于守军的溃退，乡亲们无处藏身，只能扶老携幼地逃亡。

有道是“看似寻常最奇崛，成如容易却艰辛”，作者将细致的观察和复杂的情绪融于直白的表述之中，看似平淡无奇，却蕴含着作者丰富的人生阅历和娴熟的创作技巧。

红色往事

谢觉哉是老一辈无产阶级革命家，是我国人民司法制度的奠基人之一，为党和人民立下了不朽功勋，为我们留下了几百万字的日记、千余首诗词和数十万字的《谢觉哉文集》。他丰富的人生经历与娴熟的创作技巧，大概与下面的这段经历有关。

1931 年，谢觉哉到中央苏区协助毛泽东同志工作。一天，他草拟了一个会议通知，毛泽东看后竟全改了。谢觉哉问 ：“为什么我这样不会写了？”毛泽东回答了两个字："你学！"谢觉哉意识到自己的问题后，仔细研读毛泽东修改的通知，同时反思自己在写作上的不足之处。经过深入思考，他提出了"补读"的读书方法，主张读书要端正态度、学以致用；要注重理论联系实际，多从工作和实际角度考虑；要注重消化吸收，持之以恒，点滴积累。

晚年的谢觉哉，半身瘫痪，右手不能动，他就把书放在乐谱架子上，头靠着椅子，用左手艰难地翻阅。他一生坚持读书和学习，真正做到了活到老、学到老。

1945

宿吴起镇荞麦[1]地

谢觉哉

露天麦土覆棉裳，铁杖[2]为桩系马缰。
稳睡恰如春夜暖，天明始觉满身霜[3]。

注 释

[1] 荞麦：别名净肠草、乌麦、三角麦，籽实三角形，可磨粉供食用，也可用作药材。

[2] 铁杖：拐杖。

[3] 天明始觉满身霜：引自清代郑燮《郑板桥集·行路难》。

赏 析

诗歌创作于1945年，描绘的是1935年10月红军到达陕北吴起镇时发生的故事。10年之后，作者偶然间读到郑板桥《行路难》中的一句诗“天明始觉满身霜”，不禁回忆起在吴起镇时“天为被，地为床”的切身体验，诗兴大发，写下此诗。

开头两句交代军旅生活的艰苦，“露天麦土覆棉裳，铁杖为桩系马缰”。夜晚来临，用拐杖做桩，把战马拴在上面。然后，盖着棉衣和战友们露天睡在荞麦地里。第二句“稳睡恰如春夜暖，天明始觉满身霜”，在这样露天的环境下，作者却“稳睡”，仿佛在温暖的春夜里入眠。天亮之后才发现，满身已覆满白霜。此时，恰值秋末冬初，睡在露天的地里不免寒意阵阵，然而作者却以饱满的精神状态、乐观的革命热情，战胜了恶劣的环境，彰显出红军战士不怕困难、艰苦奋斗的革命精神！

诗歌虽短，但立意高远，叙事简洁，一幅生动的军旅夜宿图跃然纸上。

红色往事

不怕困难、艰苦朴素，向来是我们党和军队的优良传统。

1934 年 10 月，第五次反“围剿”失败后，中央主力红军被迫实行战略转移，开始了长达两万五千里的长征。在这个过程中，红军不仅要突破敌人的重重包围，还要翻大山、跨大河、过草地、越雪山。饥饿、寒冷、

长征中，红军过夹金山

疾病、伤痛等困难不断地向红军战士袭来。战士们以“红军不怕远征难”的顽强意志，战胜了这些困难。

1935年10月，红一方面军先头部队到达陕北的吴起镇。这个小镇只有数十户百姓，条件非常艰苦。中央和红军领导在窑洞磨坊里召开会议；毛泽东在门板架成的桌子上办公，就连窑洞窗户的窗帘也是用草帘子做成的。镇子上房屋不多，很多领导和战士不想打扰百姓生活，晚上就在田地里露营。被称为“长征四老”之一的谢觉哉此时已经50多岁，经过长途跋涉、风餐露宿后，本该好好休整，他却主动把分得的住所让给伤病员，自己到镇旁的荞麦田里席地而睡。

在陕北工作期间，谢觉哉始终保持艰苦朴素的作风。他身上穿的衣服已经十分破旧了，警卫员按规定给他领了一件新的，他看到之后马上让警卫员退了回去。

新时代，我们应该继承和发扬不怕困难、艰苦朴素的优良传统，为建设国家贡献一份力量。

就义诗

罗世文

故国[1]山河壮，群情尽望春。
“英雄”夸统一，后笑是何人？

注释

[1] 故国：祖国。

赏析

1946年8月18日，罗世文被押往重庆歌乐山松林坡刑场，行刑前，他吟诵出这首就义诗。

第一、二句“故国山河壮，群情尽望春”，站在刑场之上，抬头远望歌乐山，树木郁郁葱葱，群山连绵到远方。多么壮美的大好河山啊！作者对祖国解放更是满怀期待。这两句让我们联想到杜甫《春望》中的“国破山河在，城春草木深”。与之不同的是，在罗世文的心中，充满了对祖国解放的热忱与期望。第三、四句"'英雄'夸统一，后笑是何人？"加了引号的"英雄"是对国民党和蒋介石的讽刺，他们妄图统一中国，把全国人民置于他们的独裁之下，但人民群众是不会同意的。而真正能统一中国、赢得最后胜利的一定是共产党领导的全国人民！

刑场上，罗世文即将告别挚爱的土地，革命尚未成功，他的内心有太多的不舍，但他始终相信，我们的党和人民一定会最终赢得革命的胜利。这种慷慨激昂的革命精神，如苍山翠柏，万古长青。

红色往事

罗世文

1937年7月，全国抗日战争的序幕拉开后，抗日民族统一战线逐步形成。之后，国民党顽固派消极抗战，发动了"反共"高潮，很多共产党员被抓捕杀害，罗世文就是其中的一位。

罗世文出生于1904年，四川省威远县人。少年时期受五四运动先进思想的影响，和堂弟等人组织"读书会"。

1925 年，罗世文加入中国共产党。抗日战争时期，罗世文回到四川工作，组织抗日民族统一战线，领导四川的抗日救亡运动。

1939 年底，国民党发动了第一次“反共”高潮。1940 年 3 月 14 日，成都的国民党反动派化装成难民，策划了“抢米事件”,事后却栽赃说共产党发动饥民抢米，借此逮捕共产党员和进步人士。3 月 18 日，罗世文被国民党特务逮捕，一囚禁就是 6 年时间。囚禁期间，罗世文与车耀先、韩子栋、许晓轩等共产党员组建了狱中临时党支部，在狱中与敌人进行了顽强的斗争。

1946 年 8 月 17 日,罗世文在一张俄文书籍的扉页上，给党组织秘密写了一封信：“据说将押往南京，也许凶多吉少！决心面对一切困难，高扬我们的旗帜！老宋处尚留有一万元,望兄等分用。心绪尚宁,望你们保重奋斗！”8 月 18 日，罗世文在重庆歌乐山松林坡被秘密杀害。中华人民共和国成立后，人民政府将罗世文重新进行了安葬。

罗世文的一生，是英雄的一生。他英勇顽强、不怕牺牲的革命精神，将激励我们在建设伟大祖国的道路上奋勇向前！

记羊山集[1]战斗

刘伯承

狼山战捷复羊山，炮火雷鸣烟雾间。
千万居民齐拍手，欣看子弟夺城关。

注释

[1] 羊山集：今羊山镇，位于山东省济宁市金乡县，以境内羊山而得名。

赏析

羊山集战斗的胜利，使刘伯承、邓小平率领的晋冀鲁豫野战军结束了鲁西南战役，顺利挺进大别山。此时的刘伯承难掩内心的兴奋与激动，写下此诗。

开头两句从听觉、视觉两个角度，形象地描绘出战火纷飞、硝烟滚滚的战争场景，给人以身临其境的感受。“狼山战捷复羊山，炮火雷鸣烟雾间”，狼山战斗获得胜利，羊山战斗再次获胜，炮火声如雷鸣般震彻天际，灰蒙蒙的烟雾笼罩在整个战场上。第三、四句“千万居民齐拍手，欣看子弟夺城关”，“齐拍手”既是千万百姓对夺取羊山集战斗胜利的庆贺，又是对我军官兵英勇奋战精神的高度赞扬。“欣看”一词有欣慰之意，表现了百姓对刘邓大军的拥戴之情。

整首诗感情饱满热烈，读来酣畅淋漓，振奋人心。

红色往事

1947 年 7 月，鲁西南战役的胜利，使解放战争由战略防御转为战略进攻。其中的羊山集战斗是鲁西南战役的关键一战，也是最后一战。

羊山有 3 个主要的山峰，由东向西依次为“羊头”“羊身”“羊尾”，地形险要，易守难攻。占据羊山主峰的是宋瑞珂率领的国民党军第六十六师两万多人。这支“王牌军”的武器装备

羊山集战斗胜利后，刘邓大军千里跃进大别山

非常先进，并有援军支援。

1947 年 7 月 13 日，刘伯承、邓小平指挥第二、第三纵队，由东、西两路向“羊头”“羊尾”发起进攻。由于敌军占据有利地形，火力强大，我军不得不暂时撤出战斗。17 日、19 日，我军再次发起进攻，均被迫撤回。因连日大雨，整个羊山脚下一片水泽。此时，蒋介石来到河南开封，亲自指挥战斗，并且派兵增援宋瑞珂。毛泽东从陕北给刘伯承、邓小平发来电报：“对羊山之敌，判断确有迅速攻歼把握，则攻歼之。否则，立即集中全军休整 10 天左右，挺进大别山。”

刘伯承、邓小平不想延误挺进大别山的计划，决心再战羊山。他们总结分析前三次失利的原因，重新部署战斗，决定直接攻打“羊身”，然后再逐一击破“羊头”“羊尾”。

7 月 27 日下午 6 点 30 分，我军向羊山发起总攻。榴弹炮、山炮、迫击炮的炮火，犹如火龙射向羊山主峰。28 日中午，我军夺取羊山，全歼国民党整编第六十六师，俘获师长宋瑞珂。

羊山集战斗胜利后，刘邓大军千里挺进大别山，解放战争进入反攻阶段。

雪夜行军

陈毅

泰山积雪，沂水[1]坚冰。
冲破黑夜，奋迅行军。
杀敌气壮，万众同心。
擒贼擒王[2]，共祝新春。

注释

[1] 沂水：又名沂河，发源于山东，流入江苏。

[2] 擒贼擒王：出自杜甫《前出塞九首·其六》：“射人先射马，擒贼先擒王。”比喻做事要抓住关键。

赏析

此诗创作于1947年2月，是陈毅率部队北上抗击敌人的行军途中所作。

首联“泰山积雪，沂水坚冰”，目之所及，泰山被皑皑白雪覆盖，沂河冰厚水寒。“积雪”“坚冰”既体现了恶劣的行军环境，又暗指战争局势非常紧张，与“黑夜”一词前后照应。颔联、颈联“冲破黑夜，奋迅行军。杀敌气壮，万众同心”，我军振作精神，士气高涨，万众一心，迅速行军，昼夜跋涉，如刺破黑夜的闪电，也暗喻即将迎来胜利的曙光。尾联“擒贼擒王，共祝新春”，作者志在必得，对活捉敌军首领李仙洲已有把握。“新春”一语双关，既指春回大地，万物复苏，又指迎来革命的胜利。

该诗四字一句，读来节奏明朗、铿锵有力，既展现了我军雪夜行军的奋勇迅速，又体现了战士们英勇杀敌的决心，以及对取得战争的胜利充满希望。

红色往事

1946 年 6 月，蒋介石向解放区发动进攻，全面内战爆发。1947 年 1 月，蒋介石调集 31 万军队进攻山东解放区，部署南线第十九军军长欧震指挥 8 个整编师北犯临沂，部署北线第二绥靖区副司令长官李仙洲指挥 3 个军南犯莱芜、新泰，企图南北夹击华东野战军，在临沂地区展开决战。时任国民党军参谋总长的陈诚，坐镇徐州，亲自指挥。蒋介石对此次部署十分得意，称道：“党

解放军挺进莱芜

国成败，全看鲁南一役。只许成功，不许失败。”

陈毅司令员与粟裕副司令员认真分析，周密部署作战计划：集中我军主力，迅速北上歼击李仙洲集团；放弃临沂，仅留下部分军队在临沂继续阻击南线敌人。

2 月 20 日战斗打响，至 23 日战斗结束，华东野战军以少胜多，共歼灭敌人 6 万余人，活捉了李仙洲，取得了莱芜大捷。时任国民党山东省政府主席、第二绥靖区司令的王耀武得知惨败的消息后，大怒并痛骂：“5 万多人，3 天就被消灭完了、就是放 5 万头猪在那里，叫共军抓，3 天也抓不完！”国民党军损失十分惨重，以致在华东战场上一个月都不敢再出战。

莱芜大捷取胜之快、歼敌之多，创造了全国解放战争第一年的最高纪录。

刘胡兰同志流血一周年

熊瑾玎

朴实农家女，雄豪胜过男。
立场能坚定，奋斗不辞艰。
头断铡刀下，芳留宇宙间。
阎獠刽子手[1]，血债必追还。

注释

[1] 刽子手：旧时执行死刑的人，现比喻屠杀人民的人。

赏析

1948年1月，刘胡兰同志牺牲一周年之际，熊瑾玎为纪念烈士写了这首诗。

“朴实农家女，雄豪胜过男。立场能坚定，奋斗不辞艰。”刘胡兰虽然年纪不大，但在敌后坚持斗争，打击反动派。面对穷凶极恶的敌人，她视死如归。“朴实农家女”与“雄豪胜过男”形成鲜明的对比，巾帼不让须眉。“雄豪”一词更是对刘胡兰坚定的立场和豪迈的气概的高度概括。“头断铡刀下，芳留宇宙间”，我们仿佛看到刘胡兰毫不畏惧，从容地躺在铡刀下壮烈牺牲的画面。英雄的血不会白流，为了共产主义事业而牺牲的英雄儿女，将流芳千古。“阎獠刽子手，血债必追还”中“阎獠”一语双关，表面指阎王爷，暗指国民党军阀阎锡山。这一称呼，描绘了反动派丑恶的嘴脸，表达了对国民党反动派的痛恨之情。“必追还”写出了中国共产党领导的中华儿女，必将与国民党反动派斗争到底！

全诗感情真挚，鼓舞着中国共产党领导的中华儿女为共产主义事业而奋斗终生！

红色往事

刘胡兰，1932 年出生在山西文水县云周西村的一个贫苦农民家庭里。抗战胜利后，年仅 14 岁的刘胡兰担任了村妇女救国会秘书。

1946 年 10 月，国民党军进犯陕甘宁边区。县委决定将部分同志向山上转移，刘胡兰却坚决地向组织提出留下来继续工作。就这样，刘胡兰继续坚持敌后斗争。

1947 年 1 月 12 日，国民党阎锡山部队和地主武装包围了云周西村，将村里所有百姓聚集在村旁的观音庙前。凶残的敌人审讯刘胡兰："你给八路做过些什么工作？"刘胡兰义正词严地说："我什么都做过！"敌人面目狰狞："你小小年纪好嘴硬啊！你就不怕死？"刘胡兰正义凛然地说："怕死不当共产党！"敌人又说："'自白'就是自救。你'自白'了，给你一份土地。"刘胡兰不屑地说："你就是给我个'金人'，我也不'自白'。"

为了让刘胡兰说出党的秘密，敌人在全村群众面前，用铡刀杀害了其他几位革命同志，企图胁迫刘胡兰，而刘胡兰从容不迫地走向铡刀，慷慨就义，牺牲时还不到 15 周岁。

1947 年 3 月，毛泽东亲笔为刘胡兰题词："生的伟大，死的光荣。"1962 年 4 月，邓小平在北京为刘胡兰题词："刘胡兰的高贵品质，她的精神面貌，永远是中国青年和少年学习的榜样。"

刘胡兰用热血谱写了一曲荡气回肠的慷慨就义歌，用青春铸就了激励后人的"怕死不当共产党"的大无畏精神。这种精神鼓舞着一代又一代青年，为建设祖国奉献青春与热血。

吊许建业烈士

许晓轩

噩耗传来入禁宫[1]，悲伤切齿众心同。
文山[2]大节垂青史，叶挺孤忠有古风。
十次苦刑犹骂贼，从容就义气如虹。
临危慷慨高歌日，争睹英雄万巷空。

注释

[1] 禁宫：此处指作者所在的监狱。

[2] 文山：南宋政治家、文学家文天祥。

赏析

许建业是重庆工人运动的组织者和领导人，红色经典小说《红岩》中的主要人物许云峰，就是以许建业为原型创作的。1948年7月，许建业被国民党杀害的消息传开后，仍在狱中的许晓轩写下了此诗。

这是一首七言律诗。首联“噩耗传来入禁宫，悲伤切齿众心同”，许建业被杀害的噩耗传到狱中，战友们无比悲痛，对国民党反动派的恶行恨之入骨。颔联“文山大节垂青史，叶挺孤忠有古风”，古有文天祥坚决抵抗元兵入侵，在囚牢中写下“人生自古谁无死，留取丹心照汗青”的名句，名垂青史；今有叶挺，在被囚期间发出“我应该在烈火和热血中得到永生”的豪言，古风犹存。颈联“十次苦刑犹骂贼，从容就义气如虹”，许建业烈士如文天祥、叶挺一样，在狱中即使遭受种种酷刑，仍誓死不屈。尾联“临危慷慨高歌日，争睹英雄万巷空”，许建业英勇就义时，百姓们来到街头为他送行，听到他高呼“中国共产党万岁！”禁不住洒下热泪，为他的英雄气概而感动。

整首诗表达了对许建业烈士的悼念之情，赞扬了他坚贞不屈的革命精神和英雄主义气概！

红色往事

许建业，1920年出生于四川省邻水县，虽家境贫寒，却志向远大，早年积极参加抗日救亡运动，后加入中国共产党。抗战胜利后，许建业领导了重庆的工人运动。由于叛徒出卖，许建业于1948年4月被捕。

国民党特务头子徐远举亲自审讯许建业：“这里有48套刑罚，一套一套地给你用，你受得了吗？”许建业面露鄙夷的神色，说：“你就是有84套，也尽管拿出来吧！怕了就不是共产党员。”特务们见许建业不肯供出共产党的秘密，就用绳子将他反手捆绑吊在房梁上，用鞭子抽打，又把刺骨的冰水往他的鼻孔里面猛灌。特务们见许建业不吐露一个字，没有一丝屈服的迹象，就改用最为残忍的酷刑——“老虎凳”。由于疼痛难忍，许建业多次昏迷不醒，特务将一盆盆冷水向他泼去，等许建业有点意识后，再次用刑。特务用尽了刑罚，许建业仍誓死不从。于是，特务又用金钱、地位来诱惑他，妄图使他屈服。许建业始终不为所动，誓死坚守党的秘密，用行动践行了“永不叛党”的誓言！

许建业

1948年7月22日，许建业被敌人残忍杀害，时年28岁。

铁窗明月有感

余文涵

铁窗明月恨悠悠，无限苍生[1]无限仇。
个人生死何足论，岂能遗恨在千秋[2]！

注释

[1] 苍生：指老百姓。

[2] 千秋：一千年，泛指很长久的时间。

赏析

狱中的余文涵面对敌人的威逼利诱与酷刑，誓死不屈，为表革命之志，写下此诗。

“铁窗明月恨悠悠，无限苍生无限仇。”开头两句从具有强烈反差的“铁窗”和“明月”写起，凛凛铁窗，寒气逼人；那轮明月，将清辉洒向人间，给人以无限遐想。狱中画面犹在眼前，敌人仍在杀戮共产党人，世间苍生还在遭受疾苦，国家依旧处在危难之中。“无限”一词写作者对反动派的痛恨之情，溢于言表。“个人生死何足论，岂能遗恨在千秋！”在国家命运面前，在革命理想面前，个人生死何足挂齿啊！只要能换来人民的自由，铸就革命的胜利，自己死而无憾！

整首诗前半部分情感深沉，将个人情感与国家前途、民族命运、百姓疾苦紧密地联系在一起；后半部分慷慨抒情，展现了共产党人置个人生死于不顾的崇高革命精神和伟大胸怀。

红色往事

1948 年，全中国即将迎来解放的曙光。中共川东临委派余文涵组建中共庆南长边区工作委员会，在广大农村开展武装斗争，以迎接川南解放。

余文涵

1949 年 6 月，余文涵被捕入狱。为了让余文涵投降，敌人派余文涵的舅父罗汝霖（时任国民党长宁县党部秘书）去劝余文涵说出共产党的机密。罗汝霖说:“识时务者为俊杰。不要看错了棋,只要写个‘自白书’,脱离共产党,并把地下党组织、人员名单写出来,我保你没事。如不便写,就写个‘自白书’也行。再不行,我已代写好了,在上面签个字就行了。”说着就将已经写好的“自白书”递了过来。余文涵气愤地将“自白书”撕成了碎片。

国民党特务头子曾铁坚见计不成,便亲自审讯:“只要弃暗投明,是少不了你的官做的。”余文涵说:“该弃暗投明的是你们,我们共产党人光明磊落,不是要做官,而是要革命!”曾铁坚问:“共产党有多少人?有哪些?”余文涵坚定地说:“成千上万,为中国人民的解放事业而奋斗的人都是共产党!”曾铁坚被气得哑口无言。另一位国民党官员大怒:“我要杀你的头!”余文涵正义凛然地说:“要杀头有头,共产党杀不绝的!”

1949 年 6 月 27 日,余文涵被敌人秘密杀害,年仅 31 岁。英雄已逝,但精神永存!

凯歌[1]进新疆

王震

白雪罩祁连[2]，乌云盖山巅[3]。
草原秋风狂，凯歌进新疆。

注释

[1] 凯歌：打了胜仗所唱的歌。

[2] 祁连：祁连山脉，位于甘肃、青海两省交界处，平均海拔4000米以上，是我国境内主要山脉之一。

[3] 山巅：山顶。

赏析

1949年9月，王震率第一野战军第一兵团翻越祁连山。风吹雪舞，战士们艰难行军。王震见此情景，难掩心中感慨，有感而发。时任宣传部部长马寒冰将王震有感而发之词整合成了此诗。

开头两句“白雪罩祁连，乌云盖山巅”，放眼望去，祁连山被皑皑白雪覆盖，山巅阴云密布，山中风雪交加。“罩”“盖”二字用得非常巧妙，将祁连山描绘得雄浑壮美。第三、四句“草原秋风狂，凯歌进新疆”，在这茫茫草原之上，秋风肆虐，而我们的战士不畏风雪严寒，唱着胜利的歌曲，勇往直前，向新疆进军。

整首诗情绪高昂，歌颂了进疆战士勇敢无畏的革命乐观主义精神。

红色往事

1949年3月，中国共产党在河北西柏坡召开七届二中全会，王震主动请缨，率军进新疆。1949年9月，王震率领部队进入祁连山。此时的祁连山，风雪不止，气候极端恶劣。王震司令员看到寒风如刀般割在战士们的脸上，但他们不怕严寒，顶着风雪艰难行

祁连山

进，王震心中万分感慨：“我们的战士非常伟大！我们的革命，就是靠这些伟大的战士，去战胜一个又一个困难而取得胜利的。乌云把祁连山都遮住了，遥远的草原无边无际，我们翻过这座风雪祁连山，就可以胜利地向新疆前进了！”这一席话，被马寒冰听到了，他将这些话默默地记在了心里。

过了几天，马寒冰把王震的话整合为一首短诗：“白雪罩祁连，乌云盖山巅。草原秋风狂，凯歌进新疆。”他又找到随军的王洛宾，请王洛宾给这首短诗谱曲。王洛宾边读诗，边哼唱。很快，曲谱就出来了。

王震读了短诗，听了曲谱，尤为欣赏。他指出，歌词就不要说是他写的了。但由于歌词确实出自王震的有感而发之词，所以便写王震为作者。就这样，十万解放大军唱着这首《凯歌进新疆》，继续行进。

《凯歌进新疆》简谱

一首诗，承载了一段刻骨铭心的记忆；一首歌，唱出了解放军的英雄气概。70 多年过去了，这首战歌依旧在唱响。